que

não

se

esmaguem

com

palavras

as

entrelinhas

EDITORAS ASSOCIADAS

que não se esmaguem com palavras as entrelinhas

Gilda Vaz
Regina Beatriz

Dados Internacionais de Catalogação na Publicação (CIP)

Vaz, Gilda
Que não se esmaguem com palavras as entrelinhas / Gilda Vaz, Regina Beatriz. – 1. ed. – Belo Horizonte : Quixote Do, 2020.
Vários colaboradores.
ISBN 978-65-86942-03-3
1. Ensaios brasileiros 2. Mulheres na literatura I. Beatriz, Regina. II. Título.
20-41860 CDD-869.4

Maria Alice Ferreira - Bibliotecária – CRB-8/7964

Colaboradoras Carla Madeira, Daniella Zupo
Revisão Valter Braga
Supervisão Alencar Fráguas Perdigão
Coordenação editorial Luciana Fonseca Tanure de Castro
Assistência editorial Sofia Rossi
Capa, projeto gráfico e diagramação Caroline Gischewski
Comunicação Claudia Brandão, Sandra Nascimento
Comercial Cláudia Masini Tonioni
Tecnologia de informação Alessandro Guerra

QUIXOTE+DO EDITORAS ASSOCIADAS

WWW.QUIXOTE-DO.COM.BR

Aos nossos editores – Luciana Tanure, Cláudia Masini e Alencar Perdigão –, pela parceria que vai além das letras.

Ao Afonso Borges, pela acolhida no Fliaraxá de 2019.

Às "Mulheres Extraordinárias", pela convivência profícua e afetuosa.

Aos psicanalistas, autores *Da solidão*, que nos proporcionaram muitas caminhadas com a nossa escrita.

À Carla Madeira, encantadora de palavras, que honra a todos com sua escrita sensível e abre nossas páginas.

À Daniella Zupo, que, ao escrever a "orelha" do nosso livro, soube nos ouvir nas entrelinhas.

À Cristina e Paula Vaz, Gabriela e Marina Simões, pelas leituras precisas e preciosas.

Àqueles que acreditam na arte, na força
da escrita e nos sussurros das palavras.

"Então escrever é o modo de quem tem a palavra como isca: a palavra pescando o que não é palavra. Quando essa não palavra morde a isca, alguma coisa se escreveu. Uma vez que se pescou a entrelinha, podia-se com alívio jogar a palavra fora. Mas aí cessa a analogia: a não palavra, ao morder a isca, incorporou-a. O que salva então, é ler distraidamente."

(LISPECTOR, Clarice.
Para não esquecer. R.J.: Rocco, 1999, p. 24)

sumário

(o vazio e o baile)

Caro leitor, compartilho com você o que a escrita de Gilda e Regina desencadeou em mim. A dança que dançamos. A liberdade que tomei.
Palavras e imagens, poesia e memórias.
Ecos e fragmentos de minha travessia.
E de como tudo me escapou ao toque das palavras.

O que um livro quer é dar voltas com a gente.
Uma outra versão é o que nos resta depois da farra.
A sua, certamente, será diferente da minha.
Você levará consigo um outro corpo.
Dance até o sol raiar e não se distraia.
Há ouro por todo o caminho.

Da primeira palavra deste livro, "eu", até a última, "existência",
fizeram um pé-direito alto.

Por este livro, dei para notar entrelinhas e outros vazios.

Entre o espinho e a rosa, por exemplo, há um palmo de distância
onde minha mão não se machuca, nem destrói
(será aí o lugar do descanso?).

Entre o encosto do sofá e seu assento, moedas, farelos de pão e
agulhas de crochê se precipitam no abismo estofado. Certa vez
arrisquei enfiar meus dedos nesse vazio cotidiano, e a poeira
sujou minhas unhas de dias antigos.
Como as palavras surradas me enchem de nódoas!

Nas salas, o ar que envolve o piano lembra altares,
até os mais mal tocados.
Entre as notas,
o vazio é condição de liberdade.
A cada uma, sua voz.

Pura música, não ser obrigada aos acordes.

No estômago vazio resta um saco de sal.
Não há poesia na fome, só nos famintos.
Farei com as mãos versos ao ponto.

A travessia de um livro pode ser para nos fazer rir.
Não precisa conter palavras utilitárias como
enxada de cavar buracos.

A travessia de um livro não se aprisiona.
Até a lagarta escapuliu da entrelinha e me veio à mente.
Rastejou do chão ao teto, na velocidade que bem quis,
e depois virou borboleta.
Que o tempo é o vazio em que as asas nascem.

Entre o lugar que me faz mal e a coragem de deixá-lo,
as asas demoram a crescer.
Sou obrigada a percorrer vazios pantanosos com os pés
despreparados de botas. Conheço a sensação da lama pegajosa.
E cega.
Mesmo assim, revolvi a terra onde plantei costelas de Adão
para envolvê-la em vazios fecundos.
Quem sabe outros homens poderão nascer das mulheres?

Nada direi dos ventres que, nestas páginas,
recolherão toda a poesia que compreender entorna.

Quando sei, sem palavras, sinto arrepios.
Essa entrelinha sutil, véspera do que procuro, é, tantas vezes, esmagada por louças na pia, códigos de barra a serem escaneados.
Pressa.

Perdoa-me.
Escreva uma só linha, Clarice, e serei salva.

Quando no vazio repleto de desamparo
eu me deparar com a viagem,
irei do obscuro ao luminoso.
Ocasião em que a palavra
há de tomar liberdade comigo.

Ah... esse livro, Gilda e Regina!

Carla Madeira

as autoras

Eu, Gilda Vaz,

desde cedo convivi com as palavras, que faziam um contraponto e um diferencial entre as que chamo de ditos maternos e as palavras paternas. Os ditos que vinham de minha mãe tinham um poder ameaçador, um poder de grude e de verdades inquestionáveis. As palavras de meu pai soavam, voavam e percorriam lugares desconhecidos. Alcançavam muitas pessoas e me permitiam poder imaginar que mundo era aquele que eu não sabia, mas que me parecia aberto para que eu pudesse explorar, conhecer e desbravar.

Hoje continuo ligada, como aquela menina que conserva o mesmo desejo de brincar com as palavras, e elas se tornaram alegres companheiras com as quais me entendo bem.

Nem sempre elas dizem o que eu gostaria. Às vezes passam na minha frente e se soltam sem que eu tenha tempo de barrá-las. Outras saem tão afinadas, tão bem-postas, que me orgulho dessa amizade que me faz tão bem! Encontro-as também nos livros, não em todos, mas em alguns que dizem exatamente aquilo que eu gostaria de ter escrito.

Sinto-me capturada, como se tivesse encontrado os nomes para as coisas que, até então, eram inomináveis ou permaneciam numa espécie de limbo à espera de serem batizadas, nomeadas, para se libertarem e tomarem alguma direção. E assim minha relação com as palavras vai abrindo-me novos caminhos pela vida afora.

As palavras às vezes retêm a materialidade das coisas. Algumas conseguem, inclusive, ser a própria coisa. Eu achava que as palavras transmitiam algo de uma verdade que estava bem no fundo de mim mesma. Porém, fui descobrindo, com a psicanálise e com a vida, que é a própria palavra que cria a verdade. Por isso elas passam na minha frente, às vezes me atropelam e denunciam algo além do meu discurso coerente e afinado. Constatei, pois, que a verdade nunca é totalmente dita. Resta sempre algo que escapa e que as palavras não são fiéis aos seus sentidos. Elas podem ter vários e até mudam de sentido, dependendo da entonação. Isso me permitiu aquiescer a outra ordem de relação simbólica com o mundo.

Com o tempo, fui percebendo que as palavras não dão conta de todas as coisas. Existe o inacessível, o indizível, aquilo que não para nunca de não se escrever. É preciso saber o que fazer com o que não tem palavras ou nenhuma outra forma de representação. Pude entender que, além do bem-dizer que dá forma ao nosso ser que fala, é preciso o saber-fazer, no sentido de se fazer ser.

Foi nesse caminho que encontrei Regina Beatriz, com o mesmo entusiasmo que eu em lidar com as palavras pela via da literatura e da psicanálise. Daí este livro: Que não se esmaguem com palavras as entrelinhas, no qual reunimos autores que nos capturaram em comum ou isoladamente e nos ajudaram a pensar questões para as quais não temos respostas, mas que, por isso mesmo, nos impulsionam, como aos escritores aqui reunidos a fazer e, consequentemente, a nos fazer ser.

Belo Horizonte, março/2020

Eu, Regina Beatriz,

sou invadida pelas reminiscências de minha infância. Nasci e cresci em frente à Igreja de São Francisco de Assis, em São João del-Rei, recanto nobre de Minas Gerais. Ali reinavam, concomitantemente, os badalos dos sinos que musicalizaram a minha história e o silêncio profundo no interior da igreja. Ao lado desse monumento de beleza ímpar, margeado pelas palmeiras imperiais, situa-se a Casa de Bárbara Heliodora – que abrigou os segredos dos Inconfidentes – e a Biblioteca Municipal Baptista Caetano d`Almeida: cenário inesquecível que se avoluma em minha saudade. Nesse palco Barroco, o silêncio compactuava com o encantamento da paisagem. Na minha vida pregressa, barulho e quietude conviviam em harmonia.

Minha terra é carinhosamente conhecida como "a cidade onde os sinos falam". De fato, há uma linguagem implícita em cada repique. Há um anúncio ou um convite nos badalos que os são-joanenses tão bem compreendem. Essa conexão com os sinais e enigmas faz parte da minha vida.

Bárbara Heliodora povoava meu imaginário pueril. O que havia naquela mulher que a fez tão corajosa, forte e irreverente? O que a diferenciou das mulheres de sua época? A vida dessa inconfidente marcaria para sempre a minha história: registro forte de um sonho de liberdade.

As bibliotecas sempre me atraíram. Há algo de hipnotizante em tais ambientes que me traz a sensação de pertencimento. No meu olhar infantil, a biblioteca representava a magia: o enorme acervo de livros, as robustas mesas de madeiras de lei, a altura inalcançável do pé-direito, o silêncio. No imaginário da criança que fui, vigorava a pergunta sobre a possibilidade de, um dia, ler todos aqueles livros – terna fantasia que me acompanha até hoje. A atração pelo desconhecido tomava conta de mim. Porém, o que mais me fascinava era o silêncio apaziguador que eu ali encontrava: aquele que me protegia dos ruídos de fora como também dos ruídos internos e me permitia ficar só, absolutamente só, acreditando que silêncio e livros compunham a mais bonita conjugação.

Cresci entre livros. Eles cresceram em mim. Ocuparam e ocupam um lugar de destaque na minha vida. Sinos, livros e heliodoras permanecem ao meu lado, resguardando a criança, sustentando a mulher.

Ando pelo tempo, caminho pela adolescência, pela vida adulta, pela maturidade. Alimento-me do desejo de ir além, de romper horizontes, serras, estradas, de buscar outras melodias, sem nunca me esquecer dos sinos.

Ainda hoje, lugares silenciosos me encantam. O que há no silêncio que o faz parceiro da minha história? Seria esse estado de conexão interna, íntima e singular o que me faz ousar a escrita?

Acredito na literatura e na psicanálise como veredas preciosas, capazes de cuidar e dialogar com as minhas ideias. Busco os poetas, escritores, artistas e analistas que criam e se deixam fluir, tocados pela palavra, movidos pelo desejo. Nessa busca surpreendente e afortunada, descubro Gilda Vaz: apaixonada pela psicanálise, pelas letras e pela vida. Este encontro, repleto de sintonia, me põe a tecer com as palavras, arriscando novas escritas.

Sou barroca. Trago o sagrado e o profano em mim. Sou quietude e inquietação. Sou fantasia e realidade. Sou música e silêncio. Sou livros.

As palavras, na escrita, apontam o meu caminho.

São João del-Rei, março/2020.

introdução

Mas já que se há de escrever, que ao menos não se esmaguem com palavras as entrelinhas. O melhor ainda não foi escrito. O melhor está nas entrelinhas.[1]

A frase de Clarice Lispector, como a própria Clarice, faz sintonia com a nossa escrita, que começou a ser construída antes mesmo de se tornar materialmente um livro. Inspiradas em Clarice, aventuramo-nos a escrever na expectativa de que as palavras ecoem deixando rastros e promovam ressonâncias. O dito literário de Clarice que nos inspirou no título deste livro vai ao encontro de uma outra frase – a do poeta e escritor João Cabral de Melo Neto: "A vida não se resolve com palavras". Há de se ir além, onde não há palavras: tocar o impossível e se abrir para novos horizontes.

1 LISPECTOR, Clarice. **A Legião Estrangeira**. Rio de Janeiro, RJ: Editora do autor, 1964.

No VIII Fliaraxá[2], fomos convidadas para fazer parte de um grupo denominado "Mulheres Extraordinárias", em que o extraordinário mesmo foram as conversas entre as mulheres que ali se encontravam. Algumas ainda não se conheciam pessoalmente, mas sentimos que falávamos a mesma língua, através de dialetos plurais. Cada uma chegava de um lugar, de um campo de atividades, com bagagens de vida diversas e com a especificidade de seus temas: cada uma com a sua melodia. O tom dessa melodia só pôde ser ouvido porque havia a disponibilidade de escutar mais além das nossas diferenças, nas entrelinhas do que é possível dizer, no despojamento das vaidades, no desejo do encontro. Isso aconteceu!

O caminho aberto nesse tempo de valiosas conversas se estendeu a outros eventos, reiterando os mesmos efeitos: a transmissão de um saber além das palavras e a abertura para o surgimento do novo.

Que não se esmaguem com palavras as entrelinhas veio nomear esse encontro profícuo. Ousamos deixar viva nossa experiência, ainda pulsante, experiência esta marcada pela cumplicidade. Por isso, a aventura desta publicação.

---

2 Festival Literário de Araxá.

Escolhemos outros autores cujas obras ecoam em nossas vidas, pela ressonância com nosso inconsciente: Clarice Lispector, Carla Madeira, Marguerite Duras, Virginia Woolf, Chico Buarque, James Joyce, Carolina de Jesus, Lou Andreas Salomé, Joan Castleman[3] e outros que souberam, sem saber que sabiam, ouvir além das palavras.

Convidamos cada leitor a nos escutar nas entrelinhas.

Gilda Vaz
Regina Beatriz

3 Personagem interpretada pela atriz Glenn Close no filme *A Esposa*, de Björn Runge, em 2017.

a esposa

Dentre as diversas formas de indagação sobre o mal-estar que nos assola, a arte cinematográfica tem se apresentado como um recurso rico e atraente, ofertando a possibilidade de, através da emoção, sensibilidade e identificações, produzir respostas, mesmo que incompletas.

O filme A *Esposa*, dirigido por Björn Runge e brilhantemente protagonizado por Glenn Close (Joan) e Jonathan Pryce (Joe Castleman), se destaca entre tantos que retratam a vida amorosa de um casal de meia idade. O enredo versa a história de Joan, que se questiona sobre as escolhas que fez ao longo de sua vida. Questionamento este que advém no momento em que seu marido é informado de que receberá o prêmio Nobel de Literatura. Destacamos, nesse ponto, a semelhança dos nomes dos personagens. Há quase uma homofonia – Joan e Joe –, que nos remete a uma mistura, uma simbiose. Embora a história pareça girar em torno do marido, quem se destaca como a personagem principal da trama é Joan, não só pela atuação impecável de Glenn Close, mas por realçar as sutilezas e submissões de uma esposa e as renúncias que o casamento lhe impôs.

Joan é casada há 40 anos com um homem de personalidade controladora, por quem se apaixonou ainda muito jovem no ambiente acadêmico. Ele foi seu professor, o que sugere que essa relação já começou com um dos elementos exercendo o papel de autoridade. O encontro do casal se deu numa aparente atmosfera de sintonia: ambos amantes da literatura. Ao marido cabem os elogios, os aplausos, o reconhecimento literário. À esposa resta o papel de companheira, aquela que elegante e cordialmente o acompanha nos eventos pela vida afora: um papel secundário, quase uma sombra.

A primeira parte do filme põe em foco a dinâmica do casal junto ao filho David (Max Irons), que procura galgar a vida de escritor. Já nos primeiros instantes, podemos observar o olhar surpreso e de estranheza de Joan quando o marido lhe comunica a respeito do prêmio conquistado.

Há uma cena marcante: na euforia que a notícia causou, ele se põe a pular sobre a cama do casal, toma-a pelas mãos e os dois, como duas crianças, gritam em pretensa comemoração. A frase que dele emerge é: "Eu sou o campeão! Eu sou o campeão! Eu sou o campeão!". Esse refrão parece ensurdecedor para ela. Nesse instante, é possível observar o olhar de Joan, a postura rígida e distante, o jogo de imitação, a apatia. O que ela esconde nesse olhar? Por que não aparece a alegria que o momento sugeriria?

Dali em diante, mergulhamos na história do encontro desse casal em tempos de juventude, quando a aluna se apaixonou pelo professor. Na verdade, ela era o talento literário em vigor. Ao se unir a ele, Joan passa a ser a revisora dos seus textos, a mentora de suas histórias, a responsável por seu sucesso. Ela era a verdadeira intelectual.

Os diálogos que o filme apresenta são sempre marcados pelo olhar silencioso e submisso da esposa, cumprindo o papel de dedicada e generosa: uma mulher prestativa. O que ela "em-prestava"? Podemos nos perguntar. Emprestava seu talento, sua discrição, sua escrita, sua realização profissional e suas possíveis alegrias.

Não é difícil perceber os inúmeros sentimentos que emergem a partir desse tempo: ciúme, raiva, inveja, obediência, medo, entre tantos. Tudo velado, em nome das regras familiares e dos códigos de etiqueta que a vida social impõe. Cada expressão silenciosa do casal exprime uma gama de emoções que perpassa a trama.

Vamos destacar três falas de Joan que nos interessam de maneira particular. Num segundo tempo do filme, há uma cena brilhante: o momento insuportável para a esposa quando, ao receber o prêmio, o marido faz elogios grandiosos e sedutores a ela. O que vemos na tela é um olhar de angústia e vazios inomináveis, e, em casa, a *posteriori*, Joan diz algo extremamente singular:

"Não me agradeça no discurso. Eu sou muito mais interessante do que isso..."

Esse ponto é crucial na narrativa, pois Joan começa a falar, e esse dito abre espaço para a mulher, muito além da esposa. Com um misto de dor e luz, ela sai da cerimônia de premiação, faz um corte em toda aquela encenação e se recolhe. Em casa, interrogada pelo marido, novamente a protagonista solta uma pérola:

"Não aguento mais! Não quero a humilhação de segurar o seu casaco, arrumar seus remédios!".

Nesse momento, parece-nos que Joan revê sua história, confronta os restos que deixou pelo caminho: o abandono da escrita, a falta de coragem para enfrentar os editores, a entrega do seu melhor ao marido, os segredos que ocultou do filho. O desconforto vai se tornando crescente, e entra em cena um jornalista, Nathaniel Bone (Christian Slater), ávido por escrever uma biografia escandalosa sobre o escritor premiado. Previamente observador do casal, Nathaniel se aproxima de Joan e se encanta com sua doçura e discrição. E, em outra cena de rara beleza, esse homem diz a ela: "Você está cansada de ser invisível". Talvez esse significante "invisível" tenha desencadeado possíveis *insights*. Os segredos vêm à tona: lembranças de traições, humilhações, submissões. E o que se torna relevante é a ambivalência de uma mulher reconhecendo-se como desejosa e desejada e ao mesmo tempo amordaçada pelas correntes dos princípios impostos pelo Outro.

Deixamos para o recorte final da narrativa uma frase que nos toca de maneira especial. Interrogada a respeito de sua profissão, Joan responde:

"Eu faço reis".

Não importa a ordem da cena no desenrolar do filme, importa o quanto a frase (quase uma sentença!) provoca.

Quanto a pensar diante desses impasses. Quantas histórias semelhantes escutamos. Quantos talentos escondidos e subjugados pela força da opressão.

Vamos agora dar um salto no tempo e voltar para meados do século XIX, especificamente em 1869, quando John Stuart Mill, filósofo liberal britânico, publicou o seu *A sujeição das mulheres*. A essa altura, algumas vozes femininas já começavam a levantar questões relacionadas com a educação e a emancipação das mulheres e seus efeitos na sociedade como um todo.

Mill considerava que a subjugação de um sexo ao outro constituía um dos principais obstáculos ao progresso humano e uma continuidade da escravatura primitiva. Além dos homens exigirem obediência, queriam também o afeto das mulheres.

Mill destaca em seu texto duas características na posição das mulheres: a primeira é a subjugação doméstica e a outra, os inúmeros obstáculos impostos às mulheres à educação e capacitação profissional.

Interessante destacar que muito antes do surgimento da psicanálise Mill salienta a inclinação natural das mulheres para a percepção intuitiva. Esta "sagacidade intuitiva", como Mill a chamava, capacitava-as para a recolha de tantas verdades gerais quanto o seu poder de observação individual lhes permitia. "Aliadas a uma educação adequada, as mulheres estariam melhor equipadas do que os homens naquilo que era essencial para uma prática hábil e bem-sucedida."[4]

Essa capacidade intuitiva foi muito mais tarde formulada por Lacan ao dizer de uma operação simbólica,

4 2006, p. 16.

e não imaginária, que pode ser chamada mais propriamente de cálculo.

Num outro trecho, Mill destaca que:

> As mulheres não se deixam cair nos mesmos erros que os homens; se as regras tiverem de ser mudadas para facilitar o que quer que seja que estejam a fazer, elas mudam-nas, ao contrário dos homens que se apegam às regras mesmo que estas os levem a nenhures.

Outro aspecto sublinhado por Mill é a rapidez de apreensão das mulheres.

Apesar dessas capacidades, as jovens de 1837 não conseguiam raciocinar devido à ignorância a que estavam condenadas.

> Ser infantilmente ignorantes [...] não saber nada acerca da Arte, da História, da Ciência, da Literatura, da Política, da Sociologia, das Boas Maneiras – aos homens aprazia-lhes este estado de coisas, as mulheres tornavam-se submissas para agradar aos homens; a sua própria ignorância constituía um assunto de louvável orgulho para a mulher inglesa dos anos 40.

Poderíamos continuar a pontuação do livro de Mill até o final, pois o que ele diz é de uma atualidade impressionante. Vamos apenas acrescentar a seguinte passagem[5]:

> Mas, dir-se-á, o domínio dos homens sobre as mulheres é diferente de todos os outros por que não é imposto pela força: é aceite voluntariamente, e as mulheres não só não se queixam como são corresponsáveis por nele consentirem. Ora, em primeiro lugar há um grande número delas que não aceita. Desde que as mulheres começaram a ter possibilidade de exteriorizar os seus sentimentos pela escrita (o único modo de expressão pública que a sociedade lhe permite) um grande número delas tem vindo a registrar protestos contra a sua presente condição social [...].

Fica a pergunta: se há duzentos anos esses protestos já existiam, o que sustentaria essa escravidão voluntária que hoje se apresenta de forma sutil por meio da persistência a papéis como o da esposa que abdica de si mesma, não tendo outra vida senão para seus afetos – marido, filhos, família?

A resposta a esta questão é complexa porque pode ser tratada por várias perspectivas. Vamos tomá-la pela via da psicanálise, ainda que por um viés específico, pois, dada a sua complexidade, outras leituras podem ser feitas.

---

5 2006, p. 57.

O psicanalista francês Serge Andre, em seu livro *O que quer uma mulher?*, destaca:

> À falta de fazer Um com uma mulher, o homem só pode tomar as mulheres, uma a uma, como Dom Juan (o universo se dispersa numa infinidade de unidades) ou identificar-se, quer dizer, uniformizar-se a uma mulher como a periquita apaixonada pelo paletó de Picasso. A união se transforma em uniformização imaginária.

Lacan conta uma historinha, a título de exemplo, em que uma periquita estava enamorada de Picasso, o célebre pintor. Isso se via pela forma como ela mordiscava o colarinho da sua camisa e as abas de seu paletó. Essa periquita estava encantada com as vestimentas, com os hábitos que Picasso usava. Como diz o conhecido ditado: "O hábito faz o monge". O mesmo acontece com tudo o que diz respeito ao amor. Encantamo-nos com as vestes, com os predicados que fazem do outro a imagem do objeto desejado, que, na verdade, é um espelho de nós mesmos. Lembrando a letra da música de Caetano Veloso: "Narciso acha feio o que não é espelho".

Assim, para sermos amados, nos ajustamos, adaptamos, alienamos aos padrões que ditam as formas de se vestir, de se comportar, enfim, como o ser deve se apresentar.

A educação se rege por enquadrar as pessoas às normas que a sociedade estabelece. Não tiramos a importância dessas normas. Elas são necessárias e fundamentais para a ordem social. Mas este é um campo da estrutura psíquica. Um campo que joga com a homofonia do termo em francês *normale* – *norme* + *mâle* – ressaltando que *mâle* em francês quer dizer "macho". Portanto, o campo fálico em que todos devem se inserir para ter um lugar social.

Entretanto, não somos robôs, programados para cumprir esses papéis sem conflitos, sem embates. Como é difícil educar! Freud chega a incluir a educação entre as três profissões impossíveis, ao lado do governar e psicanalisar. O desejo, como força pulsional, existe e escapa a qualquer norma, buscando se realizar por meio de sonhos e fantasias. O real da estrutura de cada um resiste e insiste.

O que a psicanálise oferece como instrumento com relação a isso?

— Um novo amor, capaz de amar o outro em sua radical diferença.

O que quer uma mulher?

Arriscamos a responder:

— Ser amada em sua radical diferença, ou seja, como um Outro sexo, como um outro ser, e não como extensão do homem ou de acordo com o que o homem quer que ela seja, conforme o modelo masculino.

Voltaremos ainda mais longe no tempo, pois muitas respostas já estão lá à espera de um dia serem escutadas. Vamos voltar aos anos 530 a.C. – 530, 460 a.C., entre os séculos VI e VII a.C. –, em que viveu Parmênides, natural de Eleia, na costa sul da Magna Grécia. Seu único trabalho foi recolhido em fragmentos e reunidos em sua tese intitulada O *Poema de Parmênides*, por ter sido escrita em forma de poesia.

Trata-se de um texto tão a frente de seu tempo, que Platão – 427, 347 a.C. – ocupou-se de seu antecessor com admiração e respeito como mostra a seguinte referência:

> Parmênides, diz Platão, pareceu-me possuir um poder que denota uma profundidade absolutamente cheia de nobreza. Ainda assim, temo que não compreendamos suas palavras e, mais ainda, temo que aquilo em que se pensava ao dizê-las esteja muito além de nós.[6]

Em meados do século VIII a.C., segundo os historiadores da Grécia Antiga, produziu-se um fenômeno inédito no mundo helênico que veio a evoluir no século

6 Néstor Luis Cordeiro – Sendo-se, é – a tese de Parmênides – prólogo.

seguinte rumo à pólis democrática. Podemos entender, assim, como as ideias daqueles que pensam à frente de seu tempo demoram, às vezes séculos, para produzirem efeitos... quando produzem.

O que colhemos dos escritos de Parmênides, destacado por Cordero no livro *Sendo-se*, é, vai ao encontro do que Lacan formulou como um saber a mais, ou além do conhecimento, atribuído à mulher.

Não há nada que nos autorize essa interpretação, mas, ao ler o *Poema de Parmênides*, chama-nos a atenção o fato de ele se expressar por meio de uma deusa.

Os caminhos que Parmênides propõe nessa viagem são conceituais e indicam um método de como a verdade entraria no domínio da filosofia. Trata-se de um caminho cheio de obstáculos que deverão ser atravessados. No final, quando olhar para trás, o viajante constatará que passou de um caminho obscuro a luminoso, mas que, sem o primeiro, nunca poderia ter chegado ao segundo. O saber aí formulado evoca um campo além do saber fálico.

O viajante é conduzido em uma carruagem puxada por éguas. [...] Acredita-se que Parmênides preferiu fêmeas porque tudo o que concerne ao feminino é mais cálido que o masculino e, portanto, mais próximo do fogo e da luz. Finalmente, houve ainda a sugestão de um feminismo de Parmênides, pois a maioria – senão todas – as figuras míticas no Poema são femininas.[7]

As éguas, por sua vez, são conduzidas pelas Filhas do Sol, as Helíades, que tinham um irmão, Faetão, que quis ocupar o lugar do pai, conduzindo o carro do Sol. Sua inexperiência produziu catástrofes, e Zeus fulminou-o com um raio, mas essa é uma outra história.

Se, de um lado, a formação de nossa subjetividade se faz pela aquisição de um saber constituído, transmitido por nossos antecessores, por outro, a capacidade de criação e transformação se opera do lugar vazio de sentido, propiciando que se possa ser não totalmente um mero repetidor. O vazio não é o buraco sem fundo e, sim, um operador lógico que possibilita homens e mulheres advirem como questões, e não como respostas. Assim, cada um de nós poderá acrescentar o seu grão de sal ao banquete de significantes que compõe o mundo em que vivemos.

Outro filósofo e matemático que, tal como Parmênides, é chamado de pré-socrático, é Pitágoras, que mostrava um lado de misticismo, ainda que um misticismo intelectual. Na sociedade que fundou, homens e mulheres

---

7 2011, p. 29.

eram admitidos nas mesmas condições: a propriedade era comum, bem como o estilo de vida.

Destacamos os pré-socráticos, que já diziam coisas que ainda hoje são atuais e estão nos fundamentos não só do pensamento da humanidade, como nas bases de uma teoria psicanalítica que aborda o desejo humano como motor de toda criação.

"Eu faço reis", diz Joan, a personagem do filme *A Esposa*.

Mães e pais fazem os filhos que serão homens e mulheres. Casais fazem seus companheiros na medida que, ao começarem a formar seus lares, agem como se entrassem num salão ainda vazio e escolhessem, cada um, seu lugar. A questão é a fixação ou o que Freud definiu como "adesividade da libido". Já repararam que, numa atividade de grupo – como aulas, reuniões –, as pessoas tendem a se sentar sempre no mesmo lugar, de tal forma que acabam adquirindo direito de propriedade sobre aquela cadeira, aquele canto, sempre o mesmo?

Leva-se muito tempo para mudar a disposição dos lugares. Mais cedo ou mais tarde isso ocorre por força da própria vida, que se encarrega de nos destituir dos lugares aos quais nos acomodamos.

A psicanálise nos oferece uma outra perspectiva para pensar essas questões, não pela via dos costumes, mas pelo viés da falta, do intervalo, do tempo em que cada um é levado a se perguntar:

— O que sou mesmo? Que lugar é este que ocupo, que me faz mal, mas não consigo deixar de estar aí? Qual é a minha senha para entrar e ocupar o meu lugar, que não é só espacial, mas temporal?

A mesma questão percorre por séculos – Parmênides, Pitágoras, Stuart Mill, Björn Runge – e funciona como ponteiros de um relógio que marca o tempo em que as questões, e não as respostas, prevalecem, apontando para um vazio fecundo do qual algo novo pode surgir.

Gilda Vaz
Regina Beatriz

clarice, clarice...

Às vezes escrever uma só linha basta para salvar meu coração.[8]

Sou tomada por uma interrogação a respeito do encontro íntimo entre a dor e a arte. Leio a formulação em uma única linha: "A arte é capaz de nos salvar do desamparo?".

Penso na literatura. Busco escritores cujas histórias de vida e produções instigaram, em períodos distintos, provocantes indagações em minha vida. Virginia Woolf, Fernando Pessoa, Simone de Beauvoir, Marguerite Duras, Clarice Lispector, Susan Sontag, Afonso Romano de Sant'Anna, Marina Colasanti, Conceição Evaristo, Milton Hatoum, José Eduardo Agualusa, Valter Hugo Mãe, Carla Madeira, entre tantos, deixaram fluir a emoção em suas obras e me contagiaram de maneira especial. Recorro a Clarice Lispector – que descobri na adolescência e per-

8 Clarice Lispector.

manece ao meu lado –, intimidade enriquecedora que procuro cultivar.

Penso na psicanálise. Se a literatura tem a palavra como representação máxima, a psicanálise tem a palavra como recurso primeiro. A literatura pode ser compreendida como a arte de criar e recriar textos. Há um rumor em cada palavra, uma reticência, uma interrogação... Sussurros e incógnitas me interessam. A psicanálise possibilita tornar novo, criativo, especial e único o percurso de cada história e permite uma convivência com os variados modos de subjetivação. Por isso, não é possível dissociar literatura e psicanálise; uma se exprime através da outra. Falar, narrar e criar comungam com a psicanálise. Essas são formulações básicas para mim.

Trago Clarice Lispector pela força da sua grafia e pelo pulsar de sua escrita. Resgato o mergulho existencial que sua leitura provocou em minha vida. De maneira alguma pretendo me debruçar em sua obra e, em termos literários, tecer críticas ou avaliações, nem tampouco lançar um olhar psicanalítico sobre Clarice. Permito-me escrever sobre os impactos, emoções e sutilezas na arte dessa escritora que me tocam de maneira singular. Vou atrás da história de Clarice. Faço um recorte, de maneira sumária, valorizando sua escrita, seus sentimentos, seus significantes.

Clarice nasceu na Ucrânia em 10 de dezembro de 1920 e faleceu no Rio de Janeiro, em 1977. Chegou ao Brasil ainda bebê, como refugiada de guerra, numa jornada familiar em busca de sobrevivência. Viveu cercada por uma atmosfera enigmática, nostálgica, sem ter sido poupada, entretanto, de momentos de glamour. Uma estrangeira. Uma brasileira. Uma estranha. Produziu uma obra gigantesca, provocadora e única. Rodeada e acompanhada por críticos, fez seu trajeto privilegiando o silêncio e a sensibilidade, expondo um talento inquestionável. Sua maneira de escrever e pensar – sempre original – foi marcada por uma diversidade de estilos. Houve um tempo em que escrevia para revistas femininas, pois a vida assim a possibilitava. Em outro, produzia romances e contos. Por vezes, silenciava. Foi múltipla e ímpar em sua produção literária.

Rastreando suas biografias, não é difícil detectar uma história familiar sinalizada por experiências traumáticas. Sua infância foi marcada por lutos e perdas com os quais travou um infortúnio particular. A beleza, o adolescer, as mudanças na vida doméstica, o casamento, a cerimônia no cotidiano da vida conjugal, a mudança para a Europa, a chegada dos filhos, a surpresa de um filho esquizofrênico, a intolerância com a vida social, a separação conjugal, o retorno ao Brasil são fragmentos de uma história plena de altos e baixos. Tudo isso deixou marcas que colaboraram com o aparecimento de uma depressão com a qual Clarice lutou de maneira resistente e particular. As mãos queimadas pelo cigarro nos últimos anos de sua vida trouxeram uma realidade fatídica à sua rotina. A presença da pulsão de morte – em sua face destrutiva, presente como sombra – e a luta pela sobrevivência, aliadas à solidão, retratam o reconhecimento do envelhecimento e a angústia que a acompanharia até os seus últimos dias. Nada disso fez corte na fina escrita de Clarice. Ela transitou pelo espaço delicado da ambiguidade, alternando entre as sutilezas da queda e da criação. Nos vários períodos de sua vida, a escrita renasceu como um exercício árduo e doloroso de introspecção. Arrisco dizer que a escrita salvaguardou Clarice das águas turvas da depressão.

Embora sua escrita não seja autobiográfica – como enfatizam vários biógrafos –, ela tece uma mistura dos personagens criados com a sua pessoa. Observo uma escrita que nos aproxima dos sofrimentos e desilusões. Leio uma mulher plural, mergulhada no seu tempo, atuante.

Ressalto alguns trechos em que ficam registrados que na obra da escritora havia essa mistura de vida e personagens, aliada ao sentimento de vazio e dor. Em seu livro *A Paixão Segundo G.H*, ela escreveu: "Eu finalmente me levantei da mesa do café, essa mulher"[9]. No conto *O triunfo*, Clarice descreve a dor do abandono que a personagem Luíza expressa: "E a casa ficara em silêncio. Ela parada no quarto, como se tivesse extraído de seu corpo toda a alma"[10]. Autora e personagens aparecem nessas passagens de mãos dadas com seus afetos.

Clarice expressa seus infortúnios de uma maneira singular: ora pelas palavras, ora pelos marcantes silêncios que cadenciam seus textos, ora pelos sussurros característicos em seu trabalho. Prioritariamente é uma escrita que persegue o silêncio que mora nas palavras: uma linguagem que pressupõe deslizes, ausências, exílio. Um sopro de vida?

José Castello, fiel estudioso de sua obra, em seu livro *Clarice na cabeceira*, entre tantas expressões fortes a respeito dos sentimentos da escritora, sublinha algumas falas significativas que conjugam com as interrogações que me ocupam. Clarice escreveu: "Eu, que nunca sou adequada"[11]; "... descanso na melancolia"[12]; "Piedade é a minha forma de amor. De ódio e de comunicação. É o que me

9 p. 23.
10 p. 29.
11 p. 103.
12 p. 199.

sustenta contra o mundo."[13]; "É quase intolerável viver"[14]. São falas potentes que atestam uma tristeza com matiz de solidão. É possível traduzir a suposta depressão de Clarice como a "dor de existir", termo usado por Lacan? As vicissitudes da vida da escritora reforçam a angústia que o silêncio guardou?

Clarice dizia que queria morrer escrevendo[15]. Queria sair da vida deixando suas marcas. Assim foi: escreveu e deixou marcas.

O itinerário literário de Clarice apresenta uma divisão do sujeito, uma incompletude, uma falta marcada pela busca incessante pela Coisa (assim, com maiúscula, ela nomeava o que perseguia), embora ela tenha habitado o campo da desilusão, da queda dos ideais, fazendo disso sua matéria prima. Márcia Rosa, em seu recente livro *Por onde andarão as histéricas de outrora?*, título que parafraseia Lacan, faz uma interessante e minuciosa análise sobre a escrita e a vida de Clarice. Diz de maneira pontual: "Sua escrita é marcada por um fracasso para capturar com palavras aquilo que não tem possibilidade de representação."[16]

13 p. 27.
14 p. 259.
15 MOSER, 2011, p. 648.
16 p. 128.

Para a psicanálise é a falta, marca indelével do sujeito, que o conduz à construção de sua história. A escrita que atravessou sua história pode ser lida dessa maneira?

O texto cumpre uma função para o seu autor. Qual a questão prioritária colocada pela obra de Clarice Lispector? Arrisco dizer que, diante dos infortúnios pessoais, na busca incessante pela Coisa inalcançável, ela encontrou na escrita não um apaziguamento, mas uma estrada criativa. Procurou dar um sentido distinto à vida, expressar o indizível. Saiu em busca do preenchimento desse ponto faltoso estrutural, esbarrando no impossível de tudo dizer. Persigo os sinais que fazem conexão com as minhas reflexões profissionais. Sua obra é intocável. Sua história, inviolável. Confronto-me com a dor, o desamparo, a arte e me permito reflexões sobre a sutileza desse espaço de cumplicidade e laços que a leitura e a escrita viabilizam.

Penso no que a psicanálise diz da mulher: enigmática para Freud, não toda fálica para Lacan. Enigma que desafia saberes, que convoca estudiosos, poetas, anjos e demônios. Buscando o fio da história, vale lembrar que a psicanálise nasceu num tempo em que as mulheres entraram em cena pela via da doença psiquiátrica. Freud deu voz às histéricas, conferindo a elas um espaço onde podiam exprimir seus sentimentos e tormentas, muito além de serem identificadas apenas por seus sintomas físicos. Entre lágrimas e gritos, as loucas puderam falar. Tempos depois, atento à obra freudiana, Lacan enfatiza: "A mulher não existe. Não podemos dizê-la toda..."

Remeto-me, nesse ponto, àquilo que é fugidio, ao que escapa à linguagem, àquilo que não há como representar. O inominável. O real. A arte de Clarice é a expressão desse saber fazer. É essa louca, indizível, o avesso da razão, que aparece na literatura e nas artes que busco destacar. Seria Clarice a louca? A que se revela sublime pela arte? Ela produziu uma escrita misteriosa, fragmentada, plural, sensível, opaca, dividida, intuitiva. Mergulhou no universo literário e pôde existir aí. Escreveu de um lugar onde não existe resposta. Tudo isso é Clarice, uma mulher.

O que a literatura foi capaz de revelar sobre ela? A arte salvou Clarice do desamparo? Essa é a pergunta inicial que fez brotar este texto. Não saberei responder com precisão. Acredito que ela viveu o desamparo até o limite suportável. Talvez a arte a tenha salvado da loucura ou do suicídio, o que não aconteceu com Virgínia Woolf. A escrita a manteve estável. Tenho hipóteses. Cotejo respostas. Persegui essas perguntas por algum tempo, mas o que pontualmente faz questão é o quanto a obra de Clarice salvaguardou-me e promoveu andanças pelo meu caminho. O quanto ela fala por mim. O quanto sua escrita esbarra e ecoa em minhas particularidades. O quanto seus textos me sensibilizam, deixam-me perplexa, emocionada, fazem-me chorar ou rir. Um saber-fazer? Não seria essa a possibilidade transformadora da arte?

À medida que me identifico com personagens ou obras, estou, de fato, fazendo um laço sem fugir do desamparo – tributo inevitável do ser humano. Acredito que a escrita é cúmplice do autor quando faz conexão com seu sintoma, quando abre espaço para interpretações e análises, quando promove a criação. Talvez, por isso, escrever tenha se tornado essencial para mim.

O desejo de escrever, aliado ao ato da escrita, salvaguarda o autor da angústia. A leitura salvaguarda o leitor da solidão.

Seria esse o comprometimento com meu desejo?

Pela leitura e pela escrita, reinvento a vida.

Regina Beatriz

as personagens de carla[17]

Carla Madeira, escritora mineira que se destaca no cenário literário da nossa contemporaneidade de maneira fascinante, aborda em seus livros questões intimamente ligadas ao nosso cotidiano profissional e toca com sutileza em conceitos elaborados por Freud e Lacan.

Carla criou, em seus livros, personagens originais que nos aproximam dessa mulher lacaniana: "não-toda" fálica – a mulher que nos interessa nesta produção. O que as personagens que Carla estão a bradar? Que testemunhos elas nos apresentam que as tornam tão marcantes? O que ressoa de seus diálogos que nos provoca e nos convida a escrever?

Elegemos o livro A natureza da mordida, seu segundo romance, para nos enveredarmos nas trilhas e atalhos que Carla nos deixou. Para isso, transcrevemos na íntegra um artigo publicado no jornal Estado de Minas, no qual apresentamos nossas reflexões.

17 MADEIRA, Carla. **A Natureza da Mordida.** Belo Horizonte, MG: Quixote+Do, 2018.

Delegar a duas psicanalistas uma conversa com a autora trouxe-nos desafios e inquietações, como também alegria. Levar a psicanálise a um público heterogêneo, que tinha como denominador comum o gosto pela leitura, foi algo que nos mobilizou. Sabíamos, *a priori*, o quanto esse livro nos tocara como profissionais, como leitoras e como mulheres atentas aos sentimentos particulares. Somos amantes da literatura. Somos amantes da psicanálise. Temos em nossas histórias pessoais um grande apreço pelos livros. Privilegiamos no nosso trabalho a escuta, as diferenças, aquilo que de mais singular sobressai em cada sujeito. Fomos, movidas pelo entusiasmo e curiosidade, ao encontro de Carla Madeira.

Sabemos que a psicanálise anda de mãos dadas com a literatura. Para a psicanálise, a linguagem é um construto fundamental aos princípios de sua práxis, pois, por meio dela, o sujeito se constitui e o discurso se faz presente, viabilizando o trabalho com o inconsciente. A arte literária – como as artes de uma maneira geral – possibilita uma leitura dos modos de subjetivação que estão em jogo na clínica. O sujeito está ali, desvelado em sua produção, criando e recriando textos.

Se de mãos dadas elas estão, no livro A natureza da mordida literatura e psicanálise se encontram abraçadas e fortemente enlaçadas. Talvez por isso o texto de Carla tenha agradado tanto aos psicanalistas. Ela aborda questões intimamente ligadas à clínica, ao discurso que ouvimos em nossos consultórios. Fomos capturadas pela mordida, usando a palavra do título do livro de Carla Madeira.

Nos tempos idos de estudantes de Psicologia, Dostoiévski, Tolstói, Shakespeare, Machado de Assis, Voltaire, Kafka, Clarice Lispector, Jorge Amado, Fernando Sabino, Aníbal Machado e tantos outros povoaram nossa imaginação, e começamos a entender um pouco as nuanças das subjetividades.

Anos mais tarde, já no campo da psicanálise, pudemos também entender por que Freud se referiu tanto à literatura. Afinal, o trabalho da análise não deixa de ser uma maneira de contar, arrumar, transformar, remanejar a vida da mesma forma como ocorre na obra literária.

Valter Hugo Mãe, em uma recente reportagem no *Estado de Minas*[18] sobre seu livro *As mais belas coisas do mundo*, diz que "para estudar o coração das pessoas é preciso um cuidado cirúrgico e, ainda, tirar beleza da dor e do sofrimento, inclusive diante da morte." "O encantamento é a única cura possível para a inevitável tristeza."

---

18 09/08/2019.

Freud, no início de seus estudos e prática profissionais, apostou na linguagem como o diferencial para a escuta clínica, dando voz às histéricas, enquanto Lacan priorizou a inserção na linguagem como marca da constituição do sujeito, fazendo valer os significantes. Num dos textos da obra de Freud – A *psicopatologia da vida cotidiana* – podemos sinalizar exemplos dos esquecimentos, lapsos, atos falhos, assim como nos relatos de Biá, uma das personagens criadas por Carla Madeira.

Em seu Seminário sobre Joyce, Lacan demonstrou que a arte pode funcionar como um sustentáculo, possibilitando a saída para o seu adoecimento. Ele buscou analisar a posição de Joyce em relação à sua escrita. Na narrativa de Olívia, outra personagem que compõe a trama dessa ficção, encontramos elementos que nos apontam a escrita como uma saída para suas dores.

Podemos dizer que o livro de Carla Madeira nos encantou.

Um livro sofisticado em termos de sensibilidade para captar nuanças, filigranas e detalhes das profundezas das subjetividades de cada personagem. Uma escrita que advém de uma escuta fina e de uma leitura minuciosa do livro da vida e da singularidade de cada um. Um texto que chama o leitor às identificações com as vivências de seus personagens, fazendo de nós, leitores, presas de sua mordida, pelos dentes das palavras. Somos arrebatadas pela escrita de A *natureza da mordida*. Talvez seja esta a sua natureza, aquilo que pega, que arrebata, que captura, que prende o leitor.

As cenas em que o livro se desenrola podem ser lidas como uma rememoração, do obscuro à clareza do bem-dizer. Inicialmente, um tecido furado pelos buracos da memória e, num segundo tempo, já encadeadas pelos efeitos da fala ao ser escutada. Carla se sobressai pela acuidade da escuta. Acuidade, esta, própria do escritor que revela um saber em que a prática da letra converge com o uso do inconsciente, daí sua afinidade com o psicanalista.

Na história criada por Carla, rica em suspense, tecida com sutileza, a autora agita o imaginário do leitor de forma sutil e com perspicácia. Ela escolhe como cenário um sebo: um lugar de encontro de leitores, pois, como bem diz, "os livros sempre me devolveram a mim". As personagens Biá, uma psicanalista idosa, e Olívia, uma jovem jornalista, encontram-se e criam laços muito semelhantes àqueles construídos num processo de análise.

No início dos diálogos, o cuidado na aproximação das duas mulheres, a conversa solta, evasiva, desconfiada, as interrogações no ar. Aos poucos, as protagonistas vão se tornando mais íntimas, as confidências brotam, as lembranças entram em cena, assim como no processo analítico. Há um tempo para a entrega. A transferência é construída, e os lapsos, atos falhos, os silêncios, as vacilações, os sussurros, as citações pinceladas de outros escritores e a repetição das narrativas compõem o cenário dessa trama. Dessa maneira, também é tecida a relação analista e analisante. "...diante do desconhecido ainda posso ser o que gostaria..."

Biá, nome de louca de Emma, nos é apresentada como uma mulher que vai aos poucos perdendo a memória. Ela anota os nomes que Olívia cita em suas conversas para se proteger da falha que se evidencia em vários momentos do seu dia, assim como também o leitor pode sentir a mesma necessidade de anotar os nomes para não se confundir na primeira parte do livro. Relata, com precisão, a força angustiante do envelhecimento que a vida nos impõe. "Só avancei porque minhas certezas se evaporaram. Eu não as tenho desde que envelheci". No confronto com a finitude, ela diz de maneira profunda: "Tenho angústias com a vida que vai seguir sem mim".

As lembranças aparecem às vezes como algo que alivia; em outras, como algo que gera sofrimento. "Pois nada adoece mais do que lembrar. Mas [...] não lembrar mata".

Carla reedita Freud e Lacan, respectivamente: "Diante de ti, falo, sou um continente negro" e "A verdadeira mulher tem algo extraviado". Aborda a castração, fundamental na compreensão da teoria psicanalítica: "Nasci assim, rachada. Inesquadrinhável. Minha loucura é meu corpo em conflito".

Olívia, inicialmente curiosa com a senhora misteriosa que se sobressai aos seus olhos naquele ambiente do sebo, vai sutilmente revelando sua vida, ensaiando, recuando, tendo o cuidado de repetir seus relatos a pedido da ouvinte e escutando, desta, frases que facilitam o trilhamento de sua história.

Olívia vive o luto recente de uma amiga de infância e adolescência, numa situação inédita e fatal, e vai contando em cada encontro um pouco mais do enredo que provoca curiosidade em Biá.

O livro traz, como um dos pontos essenciais, a captura diante de uma das vivências mais sofridas: a perda de um ser amado, seja ele um amante, um amigo ou amiga, um pai, uma mãe, um filho ou filha. Experiências de perda em que cada um também perde uma parte de si, revelando-se a nudez de um corpo sem sujeito que o amor revestia.

O que fica? O que ser sob as vestimentas do amor?

Emma (ou Biá), Olívia, Rita, Laura, Eduardo, Luciana, Dona Esmeralda, Teresa, todos viveram, cada um a seu modo, uma perda. Um "des-vestimento" percorre todo o texto. Embora envolva tanto homens como mulheres, são estas que vivem isso de uma forma, diria, mais "enlouquecida", um tipo de loucura diferente da dos homens, uma loucura voltada para dentro de si mesmas, como se procurassem por si onde não estariam mais. Perderam-se também.

Literatura e psicanálise, esbarrando no impossível de tudo dizer.

O que evoca um efeito de mordida? O que nos morde nesse livro?

Como psicanalistas, o que nos ocorre dizer é que existem vivências que afetam quase todas as pessoas, pela intensidade e pelo lugar que ocupam na vida de cada uma. Difícil passar por elas sem que deixem marcas, pois algo não assimilável permanece retornando sempre a cada vez que a ferida da mordida é exposta. A literatura tem uma função cicatrizante, poderíamos dizer, na medida que ressoa em cada um com quem se compartilha o vazio deixado ao final da leitura.

Trata-se de um espaço-tempo-fora que permite cercar o buraco cavado pelas perdas que a vida se encarrega de operar. O texto vai formando a trama que pode conter nosso ser de falta.

As águas passadas da memória abrem passagem para que a vida siga seu curso. As perdas deixam um vazio que, uma vez processado, pode ser fecundo.

Carla morde com suas palavras, deixa marcas, rasga o leitor com o que existe de mais íntimo em cada sujeito. Carla produz violência e ternura, num trabalho de extremo valor literário, capaz de levar o leitor ao mais íntimo e profundo silêncio, "desperto pela gargalhada estridente e debochada da vida".

Gilda Vaz
Regina Beatriz

james joyce: um artífice da letra

Seguindo o veio daquilo que nos leva a tudo o que, partindo da linguagem articulada, instaura o real e retorna outra vez à linguagem, introduzindo o novo e propiciando mudanças, chego a James Joyce.

Por que James Joyce?

Pelo salto que sua escrita promove, rompendo os cercos dos sentidos e libertando as palavras de suas aderências a significados previsíveis e instituídos, Joyce rompe com uma escrita prisioneira dos sentidos e salta com os significantes como numa dança de palavras.

Ele se serve de um corpo em sua escrita da mesma forma que a dança. Vem daí a expressão de Lacan ao se referir à metáfora joyceana como uma "condansação". Sua escrita atesta o enlace do inconsciente com o real. No voo das palavras, o balé da escrita. A palavra rouba a cena e habita o corpo, como partituras de uma sinfonia wagneriana bailam fragmentos do real.

Por ser a música fundamental em seus escritos, Joyce responde categoricamente ao ser indagado sobre a mistura de literatura e música em sua obra: "[...] é pura música". Diante da insistência das perguntas sobre a falta de sentido de seus escritos, ele ainda responde: "[...] o objetivo é fazer você rir". Pois, como disse mais tarde numa entrevista: "Sou um palhaço irlandês, um grande gozador do universo".

Aos 22 anos de idade, Joyce descobria que podia se transformar em um artista escrevendo sobre esse processo. Rejeita a ideia do passado como um memorial férreo, inflexível, e defende uma sucessão fluida do presente de uma forma pontual. Também seus personagens não são fixos, revelando as curvas de suas emoções.

"Joyce amava apenas o erguer e o tombar do ritmo das palavras, mais do que a associação delas em legendas e cores."[19]

Ao extrair da linguagem os sentidos que a aprisionam e a fazem rodar em círculos, repetindo sempre as mesmas versões e interpretações dos fatos de cultura, Joyce defende sua liberdade de criação. Uma escrita habita a outra.

A escrita de Joyce teve a função de estabelecer um laço com o Outro, fazendo mediações em torno do buraco, tessituras do vazio.

---

19 JOYCE, 2006.

Questiona-se se Joyce seria um psicótico. É sabido que sua filha era portadora de transtornos psicóticos, a quem Joyce, que não reconhecia o desequilíbrio mental dela, atribuía uma capacidade de clarividência, o que ia ao encontro de seu próprio nome: Lúcia. Apesar disso, Joyce chega a buscar a psicanálise, o que lhe valeu o comentário de Lacan: "Nas águas aonde Joyce navega, sua filha afoga".

Ao se defrontar com o irredutível do gozo, do qual nada há a dizer, inventa-se alguma coisa a partir de pedaços do real por meio de uma escrita que faz função de sustentação, incluindo o próprio real da estrutura.

Tal como o trabalho psicanalítico, há que se ir além dos sentidos e respostas depositadas em nós pelas vivências do passado. Aprendemos bem a dizer as palavras, articulá-las simbolicamente, cavando o buraco, o vazio de onde se pode inventar uma outra configuração, um outro uso do verbo em sua pureza, como diz Joyce inspirado em Tomás de Aquino – *claritas* –, antes das palavras adquirirem o sentido utilitário das comunicações.

Joyce acabou fazendo da linguagem a personagem de seus escritos, assim como em *Finnegans Wake* o personagem é o próprio sonho.

"O poeta, o escritor, o artista, não esperam pelo analista, eles obram, eles se obram"[20]

Gilda Vaz

20 GUIMARÃES, Ana. 2005.

"catando a poesia que entornas no chão"

O que será que será
Que dá dentro da gente e não devia
Que desacata a gente, que é revelia
Que é feito uma aguardente que não sacia...[21]

Que desassossego é esse que nos põe a escrever? O quão insaciável é esse desejo? Buscamos o poeta, o músico, o compositor, o escritor. Ele fala por nós.

Tivemos o privilégio de ter como trilha sonora em nossas juventudes as músicas de Chico Buarque de Hollanda. Poderíamos incluir aqui alguns outros que, juntos, fizeram igualmente dessa época um tempo mágico. Não seriam poucos, por isso escolhemos Chico Buarque como representante daqueles que deram voz e som à poesia na música brasileira. Chico constrói sua ficção a partir de fragmentos do cotidiano, de restos que recolhe adornan-

21 Chico Buarque de Hollanda, 1976.

do-os de maneira poética. Os restos são importantes para psicanálise. Dos restos, algo pode emergir.

Colhemos do baú da memória o dia em que a faculdade inteira parou para ver a banda passar. Desde então, uma a uma, as canções do Chico, como o chamávamos tão familiarmente (assim como eram suas letras e músicas para nós), passaram a ser o fundo musical de nossas vidas.

Poderíamos abordar as várias faces de Chico Buarque, pois ele em sua vasta obra dialoga com a mulher, com o futebol, com a culinária, com o pai, com a fome, com a favela. Escolhemos as mulheres: de suas letras e músicas, mulheres que foram sua fonte de inspiração, mulheres ouvidas através de suas composições e melodias. Se quisermos especificar mais ainda, mulheres desejantes e desejadas de Chico, em que as partes homem e mulher se revezam como num balé:

Por que me descobriste no abandono
Com que tortura me arrancaste um beijo
Por que me incendiaste de desejo
Quando eu estava bem, morta de sono?

Com que mentira abriste meu segredo
De que romance antigo me roubaste
Com que raio de luz me iluminaste
Quando eu estava bem, morta de medo?

Por que não me deixaste adormecida
E me indicaste o mar, com que navio
E me deixaste só, com que saída?

Por que desceste ao meu portão sombrio
Com que direito me ensinaste a vida
Quando eu estava bem, morta de frio? [22]

Quanta verdade num poema em que o despertar do desejo na mulher por um homem a retira de seu exílio! Desejo nem sempre é felicidade, às vezes é êxtase, outras, é dor. Ele é perturbador, pois seu despertar abre a porta para um vazio, do qual nem sempre se quer saber.

A psicanálise não faz outra coisa senão despertar as pessoas alienadas que estão no gozo de seus sintomas, no sentido que dão às suas vidas, da neurose que sustenta seus sofrimentos.

Todo esse amor reprimido
Esse grito contido
Este samba no escuro
Você que inventou a tristeza
Ora, tenha a fineza
De desinventar
Você vai pagar e é dobrado

22 *Soneto*, 2005.

Cada lágrima rolada
Nesse meu penar...[23]

O despertar se instaura como efeito de um novo discurso que os poetas o sabem sem saber que sabem. Um lampejo que ilumina a fresta do não sentido, do saber da morte, da falta de um rastro que poderia nos balizar em nossas vidas.

A psicanálise é isso, uma operação que abre uma fenda, um glorioso intervalo, a partir do qual nunca mais se será o mesmo. Cabe a cada um fazê-lo durar, sustentando a brecha aberta e iluminada por todos aqueles que se dedicam a transmitir essa experiência do despertar. Como é só um lampejo, logo se volta ao sonho, às fantasias, às ilusões e, até, ao delírio.

Tem dias que a gente se sente
Como quem partiu ou morreu
A gente estancou de repente
Ou foi o mundo então que cresceu
A gente quer ter voz ativa
No nosso destino mandar
Mas eis que chega a roda-viva
E carrega o destino pra lá...[24]

23 *Apesar de Você*, 1978.
24 *Roda Viva*, 1968.

Psiquê, na mitologia, também é despertada de seu estado amoroso e isso lhe concede a graça e as desgraças do desejo. O despertar absoluto é impossível. O inconsciente é um testemunho de que não sonhamos somente quando dormimos. Afinal, nos diz Freud: "Um sonho desperta exatamente no momento em que poderia deixar escapar uma verdade".

Que verdade é essa?

A verdade, seja ela qual for, nunca é dita toda. Haverá sempre uma zona obscura de não saber que, paradoxalmente, é o que nos mantém em movimento e nos impulsiona na vida, pois a natureza real das coisas permanece inacessível.

O que haveria de ameaçador nessa verdade que acarreta um não querer saber e a tendência a permanecer num sono alienante?

Talvez a conhecida história infantil da Bela Adormecida – que já rendeu muitos escritos e análises psicanalíticas – possa auxiliar nessa indagação. O que desperta? O beijo do príncipe, ou seja, o real do sexo e, depois, o amor.

Será que o amor surge como uma das formas de se lidar com o despertar para a vida, o sexo e a morte? O príncipe? Ora, o príncipe está ali para que ela descubra a realidade do gozo.

O primeiro me chegou
Como quem vem do florista
Trouxe um bicho de pelúcia
Trouxe um broche de ametista
Me contou suas viagens
E as vantagens que ele tinha
Me mostrou o seu relógio
Me chamava de rainha [...]
Foi chegando sorrateiro
E antes que eu dissesse não
Se instalou feito um posseiro
Dentro do meu coração.[25]

A quantas voltas o Soneto, de Chico Buarque, nos leva! Enigma, encantamento, poesia: são palavras que nomeiam suas produções. Não nos cabe interpretar suas canções, elas não se fecham em interpretações e, sim, se abrem ao infinito do desejo, nos permitindo dar asas às nossas imaginações.

Destacamos, entre tantas, as variadas faces das mulheres retratadas por Chico (algumas reiteradas por outras canções): as *Mulheres de Atenas* – que "vivem pros seus maridos, orgulho e raça de Atenas / não têm gosto ou vontade / nem defeito nem qualidade / têm medo

25 *Teresinha*, 1999.

apenas / Não têm sonhos, só têm presságios". Um tom épico se contrapõe ao tom intimista de *Com açúcar, com afeto*. Ambas tocam na mesma posição das mulheres que habitam as letras do nosso personagem, pois Chico dialoga com as mulheres: as prostitutas, as submissas, as sedutoras, as apaixonadas... as tantas mulheres que podem existir em uma só. Encontramos também o amor e a submissão de Penélope, cantada por Chico no ano de 1966. Ulisses, ao chegar de viagem encontra "sua Penélope em branca estátua, ela e seu tricô" – a mulher e seu infindável tecer. "Parece mesmo adormecida. Ou morta, pálida e imóvel" como uma estátua de mármore. De tanto esperar, só lhe restou tecer e sustentar sua fidelidade.

Podemos interrogar: o que o ato de tecer nos possibilita? Tecer os pensares, os sonhos, a fantasia. No ato de repetir ou criar, a possibilidade de um fazer "a-mais".

Ao indagarmos sobre o que aciona esse fazer "a-mais" que se abre ao infinito, só encontramos um nome: desejo.

E pulsa, pulsa, pulsa
Pulsa, pulsa mais
Mais, quero mais.[26]

26 *Vida*, 1980.

Desejo que Adélia Bezerra de Meneses, em sua tese *Figuras do Feminino na canção de Chico Buarque*, tão bem soube colher e expressar, assim como Octavio Paz ao dizer:

> Más allá de ti, mas allá de mi, por el cuerpo, más allá del cuerpo, queremos ver algo[...]. No sabemos, a ciência certa, lo que es, excepto que es algo más. Más que la historia, más que el sexo, más que la vida, más que la muerte.[27]

Não podemos deixar de mencionar que as composições de Chico, mesmo que associemos o seu nome ao nacional-popular (ele diz com propriedade de sua terra e seu povo), trazem uma forte influência francesa. São os restos de Paris, marcas cravadas do seu tempo de vida nas terras europeias, como também de suas leituras preferidas que incluem os escritores e pensadores franceses.

Isso é minuciosamente analisado no livro de Ana Maria Clark Peres, *Chico Buarque: recortes e passagens*. Ele nos brinda, por exemplo, com a *As vitrines*, poetizando:

27 "Além de você, além de mim, através do corpo, além do corpo, queremos ver algo [...]. Não sabemos com certeza o que é, exceto que é outra coisa. Mais que história, mais que sexo, mais que vida, mais que morte."

Já te vejo brincando, gostando de ser
Tua sombra a se multiplicar
Nos teus olhos também posso ver
As vitrines te vendo passar...[28]

Existe nesses versos uma mulher se descobrindo, se multiplicando em nuances, enxergando o que passa pela frente, a espelhar, a dançar?...

Continuemos "catando a poesia" que Chico Buarque derrama no nosso chão...

Gilda Vaz
Regina Beatriz

---

28 1981.

miséria e poesia

> … sem saber que a esperança
> brilha mais na escuridão.[29]

Tenho em mãos a obra de Carolina de Jesus *Quarto de despejo: diário de uma favelada*. Chama-me a atenção a data da primeira edição estampada na apresentação do volume: 1960. Isso significa que neste ano de 2020 o livro completará 60 anos. Curiosa, talvez pensando em questões sociais e políticas atuais, senti-me atraída pelo texto. A partir do momento em que folheei o livro, não o abandonei mais. Mergulhei na leitura tomada pela emoção, pela surpresa, pela inquietação e, sobretudo, pela admiração por uma mulher que se propôs a falar da pobreza com todas as suas implicações, sem perder a ternura. Carolina de Jesus deu cor à fome – significante forte que perpassa toda a sua escrita.

29 Trecho do samba enredo da E. S. Estação Primeira da Mangueira, 2020.

Com uma narrativa enxuta, direta, mesclada de drama e lirismo, a escritora constrói o diário de sua vida na favela de Canindé (SP), sem omitir a dureza e o sofrimento de quem carrega nos ombros os atropelos e amarguras da vida.

Descrevo, resumidamente, sua vida – que já foi devidamente explorada pelos biógrafos, jornalistas e contemporâneos –, porém destacando os pontos marcantes que me fazem evidenciar a mulher Carolina, aquela que transformou a dor em arte.

Conta-nos o biógrafo Tom Farias, no livro intitulado Carolina, uma biografia, que Carolina Maria de Jesus nasceu por volta de 1914 (não há precisão da data), na pequena cidade de Sacramento, Minas Gerais. Quando chegou ao mundo, a Abolição da Escravatura havia sido decretada há apenas 26 anos. Isso significa que os negros ainda carregavam fortes marcas desse tempo sombrio. A liberdade e a igualdade estariam muito longe de serem conquistadas: tempos ainda de desmedida exploração e violência. A mineira Carolina era filha de um casal de analfabetos – Maria Carolina, apelidada de Cota, e João Cândido, o qual não conheceu. Tinha um irmão com quem praticamente não conviveu. Morou boa parte de sua vida em São Paulo.

Foi empregada doméstica em várias ocasiões e não permanecia muito tempo nos empregos, pois os serviços caseiros nunca foram o seu ponto forte. Existem relatos interessantes em que Carolina, encantada com a leitura, largou várias vezes o feijão no fogo, maravilhada com o livro que trazia em mãos, fato que ocasionava, naturalmente, um estrago na refeição e a consequente perda do emprego. Segundo Farias, havia em Carolina "fúria e desejo de ser poetisa!"[30] Podemos deduzir daí o quanto ela estava além dos afazeres da cozinha. Carolina é descrita em várias entrevistas, de quem com ela conviveu, como polêmica, determinada, provocativa e brava. Algumas vezes era chamada de louca. Tinha o gosto apurado: gostava de valsas vienenses. Não cedia com facilidade aos apelos de terceiros.

A escritora teve algumas oportunidades durante a caminhada pelas casas por onde trabalhava: a comida garantida, o acesso aos livros dos patrões, o contato com pessoas letradas. Entretanto, muito rapidamente esse ofício de empregada doméstica se tornava enfadonho, e ela saía em busca de outras oportunidades. Registro uma entrevista com a filha, Vera Eunice, em que esta discorre

30 2018, p. 135.

sobre a vida de sua mãe quando trabalhou como empregada doméstica na casa do Dr. Euryclides de Jesus Zerbini, cirurgião cardiovascular famoso no nosso país. Este médico, sensível à ligação de Carolina com os livros, abriu as portas de sua biblioteca para que ela a frequentasse, nos dias de folga.

Carolina de Jesus foi catadora de lixo durante a maior parte da sua vida. Criou seus filhos sozinha e tirou desse ofício o seu sustento. Escrevia pelas ruas nos papéis catados. Diria, com amargura: "Parece que vim ao mundo predestinada a catar. Só não cato a felicidade".[31] Vivenciou quatro gestações, e, dessas, três filhos sobreviveram: João José, José Carlos e Vera Eunice. Os três eram filhos de três relacionamentos diferentes e não duradouros. Todos os pais de suas crianças eram estrangeiros e brancos. Carolina não se furtava de dizer que os estrangeiros sabiam conversar melhor, tinham uma visão diferenciada do mundo. Não estaria ela dizendo de si mesma?

Marcamos nesse ponto o interesse e a atração pelo diferente, pelo novo. Carolina queria expandir horizontes, descobrir o mundo, ir além da favela. Amante dos livros e da escrita, estudou numa escola formal por apenas dois

---

31 2019, p. 81.

anos aproximadamente e, necessitando acompanhar a mãe na busca pela sobrevivência, interrompeu os estudos, fugindo da fome. Vivia, entretanto, rodeada de papéis em que registrava suas ideias, pois dizia que tinha "borboletas na cabeça".[32] Seu itinerário rotineiro teve como bagagem principal os pedaços de papéis que guardariam sua escrita e os livros que resgatava dos lixos ou que ganhava de alguns favorecidos pela vida.

Carolina foi descoberta pelo jornalista Audalio Dantas em abril de 1958, quando este se incumbira de uma reportagem na favela onde ela residia. O profissional foi tomado pela curiosidade quando Carolina lhe ofereceu seus cadernos, apresentando sua poesia. O jovem jornalista, sensível à grandiosidade dos poemas oriundos de uma mulher negra, pobre, semianalfabeta e moradora de uma favela, sensibilizou-se e, quase que instantaneamente, prometeu a publicação de seu diário. Cumpriu o prometido, fazendo uma aliança com a Editora Francisco Alves, do Rio de Janeiro. Audalio acompanhou a trajetória da escritora dali em diante. Entre os altos e baixos de sua relação, Audalio foi o homem que promoveu Carolina, apresentando-a ao mundo literário, intelectual

32 Farias, p. 138.

e cuidando, inclusive, dos honorários que ela passou a receber a partir dessa mudança radical de vida: da miséria ao sucesso. O livro de Carolina *Quarto de despejo* foi traduzido para ao menos 14 nações (há controvérsias a respeito desse número), bateu recorde de vendas, superando escritores já consolidados no mercado editorial. É possível deduzir as transformações que vieram a posteriori. O sucesso alcançado no Brasil e no mundo permite que tenhamos, até hoje, novas edições de seus livros, herança frutífera para as próximas gerações de leitores.

O livro *Quarto de despejo*, sua mais importante obra (embora não a única) trouxe fama e algum dinheiro para Carolina – o necessário para ela deixar a favela, mas não o suficiente para que ela escapasse da pobreza. Esta a acompanharia até o final de sua vida. Morou os últimos anos num lugarejo chamado Parelheiros, a 40 km de São Paulo, onde buscou esperançosamente ter a calma e o sossego que a fama havia lhe tirado.

Carolina passou os últimos dias de sua vida na casa do filho José Carlos, na localidade de Jardim Ipê. Já enfraquecida, quis ficar perto dos filhos e netos. "Carolina morreu vítima de violenta crise de bronquite asmática e insuficiência respiratória crônica [...]. Tinha apenas 62 anos de idade, mas seu corpo e condição física demonstravam um pouco mais," atesta seu biógrafo[33].

Sobre o itinerário literário de Carolina, cito alguns itens que me parecem bem particulares. Interessante a descrição do barraco onde ela morava com os três filhos. "O barraco é assim: feito de tábuas, coberto de lata, papelão e tábuas também. Tem dois cômodos, não muito cômodos. [...] A humanidade dele é esta: Carolina, Vera Eunice, José Carlos, João José e 35 cadernos."[34] Os cadernos são peças prioritárias no humilde barraco de Carolina. Isso mostra a importância dos seus escritos, destaque entre seus achados. "O livro é a melhor invenção do homem", diria Carolina[35] em seu famoso diário.

Ao longo da vida, fruto dessa paixão pelos livros, sua linguagem se torna cada vez mais elegante e sofisticada, sem perder a transparência ou a clareza de suas posições políticas. Ela se tornou a liderança na favela, embora tenha sido duramente criticada em sua comunidade por muitos que viram suas vidas expostas em seu livro. Sua escrita denunciou a miséria, a desigualdade social, o preconceito de raças. Escreveu sobre a injustiça, bradou a submissão

33 2018, p. 346.
34 2018, p. 166.
35 2019, p. 24.

das mulheres no mundo. Foi a voz feminina do oprimido. Sua obra é atemporal, pois a fome não tem cronologia.

O que me parece fundamental, muito além dos acontecimentos de sua história – muito bem narrados por seus biógrafos, por entrevistas ou pelos relatos de muitos intelectuais –, são os detalhes da sua escrita, que a tornaram uma personagem diferenciada da literatura. Chamo a atenção para a sutileza e refinamento da sua escrita quando pontua as suas percepções a respeito da própria vida.

Quando questionada sobre a vida de mãe solteira, ela não se intimidava, embora tenha sofrido muito com o preconceito. Dizia que "um homem não há de gostar de uma mulher que não pode passar sem ler. E que levanta para escrever. E que deita com lápis e papel debaixo do travesseiro. Por isso é que eu prefiro viver só para o meu ideal...". Perseguiu esse ideal com afinco, fazendo do seu desejo bússola fiel para sua existência.

Importa-me neste ponto a comovente escrita de Carolina, forte atuação entre a poesia e a realidade. Do seu livro *Quarto de despejo*[36] (mantendo a grafia da escritora), destaco:

36 2019, p. 120.

> ...Eu durmi. E tive um sonho maravilhoso. Sonhei que eu era um anjo. Meu vestido era amplo. Mangas longas cor de rosa. Eu ia da terra para o céu. E pegava as estrelas na mão para contemplá-las. Conversar com as estrelas. Elas organisaram um espetáculo para homenagear-me. Dançavam ao meu redor e formavam um risco luminoso.
>
> Quando despertei pensei: eu sou tão pobre. Não posso ir num espetáculo, por isso Deus envia-me estes sonhos deslumbrantes para minh'a alma colorida. Ao Deus que me proteje, envio os meus agradecimentos.

Cabe, neste ponto, algumas reflexões sobre a repetição (da miséria, da fome, da dor) e a força do desejo (desejo de escrever, de se tornar poeta), fértil no itinerário de vida de Carolina. É possível dizer que ela perseguiu a procura pelo novo, pelo estrangeiro, na busca amorosa pelos homens de outras nacionalidades? Uma repetição? Estaria presente nessas indagações o conceito de "estranho", em Freud? Ou mesmo a busca pelo objeto faltoso, a porção não assimilável que permite ao sujeito ir além? Seria possível pensar a escrita de Carolina de Jesus por essa via? Um sentido novo à sua existência? Deixo em aberto essas questões.

Destaco um parágrafo em que Farias reproduz uma escrita brilhante que vai de encontro a esse fazer a mais:

> Tudo tenho feito para torcer a linha do meu destino e esquecer a tortura dos versos que me enchem a cabeça, mas eles brotam do meu pensamento e eu não tenho outro remédio senão dar-lhes expansão. Está aqui o fruto das minhas ideias.[37]

Freud não se privou de analisar a arte como forma de expressão e, em sua obra, fazer conexões importantes com a psicanálise. Na verdade, é recorrente encontrar citações nas quais ele se ancora numa obra de arte, num escritor, num pintor, ou alguma expressão artística para formalizar sua teoria. Ao tomar a arte como fonte inspiradora, reportou-se aos poetas e escritores e afirmou que eles tinham um saber que antecipava sua teoria: um saber fazer com o que é faltoso: "Diante do artista criador, a análise, ai de nós, tem de depor suas armas".[38] Dessa maneira, ele avaliza a produção do escritor, afirmando que a psicanálise está em uma posição de aprendiz em relação à arte.

Lacan, no livro A *angústia, Seminário 10*, enfatiza que, na angústia, "... o sujeito é premido, afetado, implicado no mais íntimo de si mesmo, é justamente do lado do real que temos de procurar, da angústia, aquilo

37 2018, p. 118.
38 Freud, 1928/1927.

que não engana".[39] Lacan aborda a angústia como uma vivência na qual não se tem rede de proteção, na medida em que o encontro com o objeto faltoso (sempre faltoso!) é real. Carolina, desde tenra idade, demonstrava que tinha o dom do saber-fazer com a angústia: do objeto perdido, objeto da angústia, fez causa de desejo.

Ressalto que, muito além da miséria real, existe a miséria humana, que Carolina vivenciou na própria pele, na maior parte de sua vida: no confronto com a pobreza, com a doença, com as humilhações, com as injustiças e com a discriminação social. Se a psicanálise possibilita transformar a miséria neurótica em miséria humana, Carolina fez o movimento pelo avesso: fez da miséria humana a sua arte. Fez um "a-mais", um "mais-além". Fez da sua luta uma prosa. Recriou a vida com suas letras. Fez da fome fonte de fantasia. Fez da miséria poesia.

Regina Beatriz

---

39 2005, p. 191.

virgínia woolf e marguerite duras — dois tempos, duas posições

E, quando eu estava escrevendo aquela resenha, descobri que, se fosse resenhar livros, ia ter de combater um certo fantasma. E o fantasma era uma mulher e, quando a conheci melhor, dei a ela o nome da heroína de um famoso poema, O anjo do lar. Era ela que costumava aparecer entre mim e o papel quando fazia resenhas. Era ela que me incomodava, tomava meu tempo e me atormentava tanto que no fim matei essa mulher. Vocês, que são de uma geração mais jovem e mais feliz, talvez não tenham ouvido falar dela – talvez não saibam o que eu quero dizer com o anjo do lar. Vou tentar resumir. Ela era extremamente simpática. Imensamente encantadora. Totalmente altruísta. Excelente nas difíceis artes do convívio familiar. Sacrificava-se todos os dias. Se o almoço era frango, ela ficava com o pé; se havia ar encanado, era ali que ia se sentar, em suma, seu feitio era nunca ter opinião ou vontade própria e preferia sempre concordar com as opiniões e vontades dos outros. E, acima de tudo – nem preciso dizer –, era pura. Sua pureza era tida como sua maior beleza.

Enrubescer era seu grande encanto. Naqueles dias – os últimos da rainha Vitória – toda casa tinha seu anjo.
[...] agora que tinha se livrado da falsidade, a moça só tinha de ser ela mesma. Ah, mas o que é ela mesma? Quer dizer, o que é uma mulher? Juro que não sei. E duvido que vocês saibam. Duvido que alguém possa saber, enquanto ela não se expressar em todas as artes e profissões abertas às capacidades humanas. [...]
Foram duas das aventuras de minha vida profissional. A primeira – matar o anjo do lar – creio que resolvi. Ele morreu. Mas a segunda, falar a verdade sobre minhas experiências do corpo, creio que não resolvi [...].
Na verdade, penso eu, ainda vai levar muito tempo até que uma mulher possa se sentar e escrever um livro sem se encontrar com um fantasma que precise matar, uma rocha que precise enfrentar. [40]

O fantasma do anjo do lar, que Woolf pensou ter matado, ainda assombra as mulheres, atestando a atemporalidade do inconsciente e o corpo... Bom, o corpo da mulher ainda é tratado predominantemente como objeto de fetiche, do qual muitas se mantêm prisioneiras da

40 Virginia Woolf, 2012, p. 12.

forma física idealmente perfeita ou, como dejeto, entregues ao duro trabalho do dia a dia, exiladas de si. Não são poucas as mulheres que fazem do desejo dos outros a sua âncora no mundo.

Virginia Woolf nasceu em Londres, em 1882. Junto com seu marido, o crítico e escritor Leonard Woolf, fundou a Hogarth Press, em 1917, responsável pela publicação da obra completa de Sigmund Freud. O trecho escolhido para dar início a este capítulo foi lido por Virginia Woolf para a Sociedade Nacional de Auxílio às Mulheres, em 21 de janeiro de 1931. Foi publicado postumamente em *A morte da mariposa*, em 1942.

O leitor entenderá o porquê da inclusão desse trecho de Virginia Woolf bem no início deste escrito. O que chama a atenção é a atualidade do texto escrito no início do século passado, numa época em que a psicanálise ainda dava seus primeiros passos. Não me refiro ao comportamento das mulheres, nem aos costumes da época vitoriana, mas, especificamente, às duas "aventuras", como se refere Virginia Woolf nesse escrito, pelas quais teria de passar para poder sentar e escrever um livro, ou seja, para aceder à ordem do falo: o fantasma do anjo do lar e o corpo.

Virgínia Woolf viveu no início do século XX, lutou pela liberdade das mulheres tanto na vida privada como na vida pública. Pode-se dizer que muitas portas foram se abrindo para as mulheres nesse início de século no mundo ocidental. Foram conquistas fálicas, aquisição de direitos como cidadãs e participantes ativas na vida pública, como o direito ao voto. Apesar do sucesso de seus escritos, Virgínia Woolf, na manhã de sexta-feira de 28 de março de 1941, aos 59 anos, foi, como de costume, ao seu estúdio no jardim. Lá escreveu duas cartas e atravessou os prados até o rio. Colocou duas grandes pedras nos bolsos do casaco e encaminhou-se para a morte. Sua escrita, pelo fim trágico que teve, não foi suficiente para sustentar sua vida.

O mesmo não se pode dizer de Marguerite Duras, cuja escrita transbordante em verdades nebulosas revela o emburacamento do sentido e a salva de cair no abismo, apesar de conviver tão de perto com a morte. Não lhe interessa tanto o conteúdo, mas o ato de escrever, aquilo que ela chama de doença da escrita – escrever. Duras escreve para não enlouquecer e, quando não pode escrever, faz filmes, roteiro, teatro e desentranha o poético do mundo, dando a ver o que só existe pelo próprio fazer.

> E, então, é preciso retomar uma espécie de gramática elementar da imagem, ou de... de..., como nomear

> esse terreno? Não sei... uma mulher habita totalmente um lugar, a presença de uma mulher preenche um lugar. Um homem o atravessa, ele não o habita de fato. Não sei em que plano estamos.[41]

Não é preciso dizer nada mais, pois, como Lacan se referiu a Marguerite Duras, "Foi precisamente isso que reconheci no arrebatamento de Lol V. Stein, onde Marguerite Duras revela saber sem mim aquilo que ensino".[42]

Não poderia deixar de incluir a última frase de Lacan nesse mesmo texto a respeito de Duras: "[...] celebra as taciturnas núpcias da vida vazia com o objeto indescritível".[43]

Marguerite Duras nasceu em 4 de abril de 1914 – trinta e dois anos depois de Virgínia Woolf. Isso faz uma diferença entre as gerações dessas duas escritoras. Duras faleceu em 1996, aos 81 anos, uma longa e produtiva vida como romancista, novelista, roteirista, poeta, diretora de cinema e dramaturga francesa.

Não são só os trinta e dois anos que separam essas duas autoras no tempo histórico em que muitas mudanças ocorreram na vida das mulheres. A escrita de cada uma revela duas posições subjetivas que vão ao encontro de dois tempos, não históricos, mas de acordo com outra lógica

---

41 DURAS. *Boas Falas*, p. 57.
42 2003, p. 200.
43 2003, p. 205.

formulada por Lacan. Segundo essa lógica, conhecida como fórmulas da sexuação, o homem se define pelo lugar de inscrição fálica que o institui como sujeito na ordem simbólica, e a mulher, como não toda inscrita na ordem fálica, o que lhe reserva um outro lugar além do falo, sem prescindir dele.

Virgínia Woolf lutou pela emancipação e direito das mulheres de se inserirem na ordem social, pública, cultural, ou seja, de terem um lugar na ordem do falo. Isso podemos dizer que foi conquistado. Já Marguerite Duras habitou um campo além do falo, um lugar a que ela se refere como buraco, evocando essa outra lógica do não todo fálico formulada por Lacan. Sua escrita evoca esse vazio perturbador em seus leitores.

Como amarrar o sujeito na estrutura?

Entre fios e furos se tece a rede em que se sustentar. O manejo, o saber fazer além de uma linguagem articulada, é próprio do "hu-mano", como um saber fazer com as mãos.

Trata-se de inventar ou de se reinventar. Afinal, como diz Freud em *O mal-estar na civilização*, "cada um tem de encontrar sua maneira de se salvar". Acrescento: e criar os meios de fazer uma ancoragem no real, para que se possa pôr um basta na repetição em círculos ao redor do buraco cavado pelo simbólico.

Isso tudo encontra uma ressonância no trabalho analítico que se faz na alternância de dois campos – fálico e não todo. Não basta aceder à ordem fálica, conseguir se posicionar nas relações, ter sucesso profissional, financeiro ou amoroso, se não se tem um ponto de sustentação além do falo que nos permita dar conta das perdas e fracassos que também fazem parte da vida.

O trabalho analítico, ao avançar além do que pode ser dito, remete-nos à Marguerite Duras como no bem-dizer de Flavia Drummond Naves, em que "o filme, como o livro, é mais uma volta para fazer escrita nesse ponto de impossibilidade da palavra, escrever sem saber"[44]. Em entrevista, Duras afirma que seus filmes são, cada vez mais, escritos: "São livros. Ponto de letra, carta que insiste em chegar ao seu destino para transmitir a inexistência do Outro".

Assim também o percurso de uma análise: não basta bem-dizer, é preciso saber o que fazer com as perdas e faltas com que a vida nos surpreende.

Gilda Vaz

44 NAVES, Flavia Drummond. 2010.

muito além do fascínio

Viena, 1912. Rastreando a psicanálise, movida pela curiosidade de travar uma relação mais próxima com Freud, uma bela mulher de 51 anos entra na Berggasse 19. Inicia-se, a partir desse momento, uma parceria e cumplicidade diferenciadas, marcando a história da psicanálise. Em cena, Lou Andreas-Salomé.

São inúmeros os adjetivos encontrados para nomear Lou: beleza, elegância, educação, sensibilidade, tenacidade, perspicácia, entre tantos. Lou é causadora de fascínio diante dos que a conhecem. E não é diferente quando se encontra com Freud.

Voltemos ao tempo. Vamos à história de Lou Andréas-Salomé, que se destaca no mundo intelectual, artístico e psicanalítico de sua época. De onde ela veio? Que influências recebeu? Quais suas produções intelectuais? Que marcas deixou em suas andanças pela vida?

Liolia von Salomé, nome original de Lou, nasceu na Rússia, em São Petersburgo, no dia 12 de fevereiro de 1861. Filha de Louise Wilm, de origem dinamarquesa e alemã, e de Gustav van Salomé, era a caçula e única mulher de seis filhos na prole do casal. Seu pai era general alemão (quinze anos mais velho que a mãe) e pertencia às altas esferas da nobreza, o que permitiu que Lou fosse criada num ambiente cosmopolita de luxo, condição que lhe proporcionou liberdade no contato com a aprendizagem e as artes. O pai, com quem Lou teve uma relação afetiva muito próxima, faleceu quando ela ainda era muito jovem. Com a mãe, que "jamais demonstrara muita ternura pela filha"[45], ela tinha dificuldades de relacionamento.

Lou Salomé, em autobiografia[46], refere-se ao pai da seguinte maneira:

> Em toda a minha primeira infância, meu pai e eu estivemos ligados por uma ternura secreta, e lembro-me vagamente de que nós a dissimulávamos à chegada de Muschka, pois ela não gostava de manifestações de sentimentos; meu pai tinha desejado ardentemente uma filha, depois dos cinco garotos, enquanto Muschka teria preferido completar a meia dúzia masculina.

A respeito da mãe, Lou registrou[47]:

---

45 Bertin, 1990, p. 212.
46 1985, p. 34.
47 1985, p. 39.

Não posso falar de minha mãe sem lembrar o quanto ela fez por mim, embora desaprovasse totalmente a vida que levei, moça, no exterior, com ideias completamente contrárias às suas. Se essa filha já havia decepcionado ao não chegar ao mundo como filho, ao menos devia ter-se esforçado para alcançar o ideal de filha, sonhado pela mãe – e fiz exatamente o contrário. [...] Muschka adotou para si a seguinte postura: irredutivelmente ao meu lado frente ao mundo; cheia de desgosto e, no entanto, cheia de confiança; dando a impressão de que nos entendíamos perfeitamente, pois isso lhe parecia o mais importante a fazer, para evitar mal-entendidos hostis que me prejudicassem.

Sobre os irmãos, Lou diria[48]:

Ainda que minha infância se tenha desenrolado numa solidão cheia de fantasmas, ainda que todo o meu pensamento e minha inspiração tenha se rompido com a tradição familiar e causado escândalo [...] o relacionamento com meus irmãos permaneceu imutável. [...] jamais conheci homens, cuja sinceridade, integridade, virilidade ou bondade não fizessem reviver em mim a imagem de meus irmãos.

48 1985, p. 31

Sentimentos familiares fortes ressoariam por toda a vida e estariam presentes em seus inusitados trajetos, em suas paixões, assim como em suas publicações literárias e artísticas. A relação de idolatria com os irmãos marcaria suas escolhas amorosas: buscou homens, encantou-se e conviveu com eles com muita proximidade, sem que isso necessariamente passasse pelo viés da sexualidade.

Lou morou em vários países da Europa, sempre em busca de novos estudos, o que lhe propiciou uma ligação forte com as correntes filosóficas e literárias da época. Desde nova foi reconhecida como "portadora de imaginação criativa, com tendência a isolar-se no mundo encantado da solidão", o que contribuiu para que ela se envolvesse com a escrita ainda jovem.

Na adolescência, já deixava claro que na sua vida a liberdade e a independência seriam seus pilares de sustentação. Seu espírito crítico a guiou a uma atitude de descrença diante da religião, à qual renunciou, e cuja relação com Deus marcariam sua história e seus escritos.

Segundo a biógrafa Célia Bertin, "Em Lou, a imaginação sempre tem um papel tão importante quanto a observação na percepção dos seres e dos acontecimentos. Está longe de se parecer com aquelas moças de Viena que não veem salvação longe do casamento..."[49]

---

49 1990, p. 203.

Na vida adulta, revelou-se argumentadora em suas posições familiares e sociais, não fazendo concessões em suas decisões. Ao priorizar a liberdade pessoal, afastou-se de compromissos matrimonias. Questionada pela mãe a respeito da resistência em se casar, Lou escreveu[50]:

> Não consigo adequar minha vida a modelos nem jamais constituir um modelo para quem quer que seja; mas é mais do que certo, em compensação, que dirigirei minha vida de acordo com o que sou, de qualquer jeito. Ao fazer isso, não estou defendendo nenhum princípio, mas algo bem mais maravilhoso – algo que está em nós, que arde no fogo da vida, que exulta e quer jorrar.

Com a beleza, o fascínio, a inteligência e as ideias arrojadas, Lou transitou pela vida rodeada por homens cultos e intelectuais que a cortejavam e a desejavam como companheira e mulher. Foi transgressora. A recusa ao compromisso foi um traço ferrenho em suas relações. Contam os estudiosos que, no seu universo, não havia lugar para o sexo (*sic*), para as amarras de um casamento. Isso foi sustentado por um bom tempo em sua vida. Só mais tarde, Lou se abriria para a sua sexualidade.

---

50 Lou *apud* Bertin, 1990, p. 204.

Interrogo-me neste ponto: a força do desejo sexual abalaria seu controle, colocando em risco sua liberdade?

Muitos foram os homens que fizeram parte da história de Lou Salomé e tiveram influência em sua vida como também se influenciaram por ela: Hendrik Gillot, Paul Rée, Friedrich Nietzsche, Friedrich Carl Andreas, Georg Ledébou, Friedrich Pineles, Ranier Maria Rilke e Sigmund Freud. Tramas, paixões, intrigas, irreverência, autonomia, prazeres e liberdade são palavras que versam a vida amorosa de nossa personagem. Sobre a relação com os homens, registrou[51]: "O sentimento de estar ligada por laços fraternais aos homens foi para mim, pelo fato de eu ser no círculo familiar a caçula e a única filha, tão evidente, que ele se irradiou continuamente a todos os homens do mundo; em qualquer época, sempre me pareceu que um irmão se escondia em cada."

Dos pensadores e intelectuais, que tanto a fascinaram, destacam-se Nietzshe, Rilke e Freud. Não vamos nos ater aos amores de Lou, pois o que se faz relevante é a maneira como a escrita se instalou em sua vida.

Dentre suas inúmeras produções literárias destacam-se *Ruth*, *Luta por Deus*, *Carta aberta a Freud*, *Ranier*

51 1985, p. 31.

Maria Rilke, *Minha vida* (as três últimas, nos dez últimos anos de sua vida). Escreveu vários ensaios, entre eles *Anal e sexual*, peças de teatro – *O diabo e sua avó* –, entre outros trabalhos.

Em seus textos, Lou expressou de maneira poética as vivências particulares. Em *Ruth*, por exemplo, ela narra sua "juvenil história de amor" com Gillot. Para Nietzshe dedicou *Oração à vida*[52], que escreveu quando deixou a Rússia:

> Tanto como se amam dois amigos / Te amo, vida misteriosa / Que tragas choro ou regozijo / Horas de sorte ou dolorosas. Eu te amo e a teus dissabores / Mesmo que me tires o alento, / Deixo teus braços sem rancores / Com adeuses de amigo atento. / Com força quero-te abraçar! Acenda em mim as tuas chamas / No afã da luta hás de deixar / Me abrir o enigma da tua trama. / Milênios pra ser e pra pensar! Abraça-me tu com fervor / Se sorte não vais me dar / Pois bem, inda tens tua dor.

E assim, inspirada em afetos e desafetos, guiada por uma liberdade radical, Lou fez da escrita sua aliada, parceira da solidão. Em abundância, fluíam ideias articuladas, inovadoras e amorosas: diálogo fecundo e singular.

---

52 p. 30.

Foi Rilke quem conduziu Lou à psicanálise, embora ela tenha iniciado seus estudos sob orientação do psicoterapeuta sueco Poul Bjerre. Lou conheceu Freud em setembro de 1911 no Congresso Internacional de psicanálise, em Weimar. Mas, como já foi mencionado, em Viena ela se apresentou no ano seguinte. Freud se impressionou com seus conhecimentos e julgamento sutis e convidou-a para participar das reuniões em sua casa – a Sociedade das Quartas-Feiras –, onde a teoria psicanalítica em construção germinava e se espalharia para outros continentes. Freud diria que Lou era "a poetisa da psicanálise" (contracapa do livro *Carta aberta a Freud*).

Embalados pelas caminhadas que ambos privilegiavam, diálogos plurais perpassavam as conversas de Lou e Freud. Embora não tenha sido a primeira mulher a frequentar as reuniões psicanalíticas, ela se destacou pela dedicação e desbravou espaço para outras mulheres, outras escritas, outros pensares. Deu novos contornos ao cenário intelectual.

Freud e Lou travaram uma verdadeira e profunda amizade, alimentada por uma correspondência que duraria 25 anos. Ela tornou-se psicanalista e foi atuante na profissão. Foi analista de Anna Freud (revista *Caliban*), o que confirma a confiança que Freud atribuía ao seu trabalho.

Em 1930, já adoentada e hospitalizada, Lou Salomé começou a redigir o ensaio *Carta aberta a Freud*, pois queria presentear o mestre vienense em ocasião do seu septuagésimo quinto aniversário. Seu amor e admiração a Freud são sentimentos incontestáveis, e sua contribuição à psicanálise ficou registrada.

Lou morreu no dia 5 de fevereiro de 1937 em decorrência das inúmeras doenças que a acometeram nos últimos anos de vida. No ano seguinte, Freud também morreria.

Lou Salomé quebrou padrões rígidos de comportamento e andou por caminhos sinuosos comparados aos das mulheres de sua geração. Com inteligência e ousadia exerceu influência em muitos pensadores. Subverteu ideias e inovou padrões de comportamento. Expressou seus sentimentos com veemência, talento e habilidade. Sustentou os desafios de seu tempo. Seus escritos floresceram em espaços solitários e portaram a suavidade das palavras, aliados à força da emoção. Lou soube ler nas entrelinhas.

Essa mulher fascinante, personagem da saga psicanalítica, ao priorizar a intelectualidade transformou o vazio em arte. Lou teceu palavras em versos e poemas com fios de liberdade.

Regina Beatriz

quem tem medo de lol v. stein?

Começo por este título que parodia o nome da conhecida peça de Edward Albee: *Quem tem medo de Virgínia Woolf?*

Mas antes devo explicar quem é Lol V. Stein. Trata-se da personagem de um livro de Marguerite Duras – *O deslumbramento de Lol V. Stein*.

Duras fala, numa entrevista, que se tornou um livro intitulado *Boas falas*, de um medo que começou com Lol V. Stein, por ter sido o momento em que sua escrita mais se aproximou do buraco.

Em outro livro de Duras – *Escrever* –, ela relata: "Foi em Trouville que caí na loucura de me tornar Lola Valerie Stein".[53] Lembrando que a palavra em francês *trou* significa "buraco". A palavra buraco, aqui, equivale ao encontro com o real.

Quem tem medo do buraco, do vazio, do furo na linguagem que pode lançar alguém na direção de um abismo temporal levando à loucura?

---

53 p. 14.

O medo percorre o livro *Le ravissement de Lol V. Stein*, traduzido em português por *O deslumbramento de Lol V. Stein*. A tradução mais apropriada para o termo *ravissement* é "arrebatamento". Portanto, *O arrebatamento de Lol V. Stein*.

Mas o que há com Lol V. Stein?

Não nos interessa aqui o diagnóstico de Lol, mas a "solução" encontrada por ela para construir uma estrutura capaz de sustentá-la quando ela perde, abruptamente, o ponto de apoio da imagem de si ao ser trocada por uma outra mulher que lhe arrebata seu noivo. Falaremos, então, da "Lol cura". Lol não só perde o noivo como também se perde junto, esvai-se e permanece dali em diante exilada de si.

Se o amor é aquilo que veste nosso ser de falta, dando forma a uma imagem de si para aquele que se sente amado, o que ser quando essas vestimentas caem? O que ser na nudez?

A imagem de corpo que vinha sendo construída por Lol se desfaz prematuramente, destruindo as bases ainda frágeis dos seus dezenove anos.

Despersonalização, curto-circuito na estrutura... Enfim, que nome dar a esse exílio em que se cai no vazio do ser sem ter em que se agarrar?

O fenômeno de despersonalização pode ocorrer em qualquer estrutura, indicando o surgimento da angústia e a irrupção do real.

A despersonalização começa pelo não reconhecimento da própria imagem corporal, ao não se ver no espelho do Outro.

A cena do baile em que seu noivo é atraído por uma outra mulher e abandona Lol sozinha sem entender o que ocorria, diante do olhar de todos ali, teria funcionado como cena primária que poderia servir de apoio para a construção da fantasia, o que já seria um ponto de apoio. Mas, para Lol, nada se constrói ali, ela permanece no vácuo.

Lol sofre transtornos relativos ao sentido e à verdade dos fatos. Passeia pelas ruas em busca de novos olhares que a reorientariam de volta a si mesma. Lol não se retifica subjetivamente, sempre foi uma mulher distraída! Ela olha para o vazio. Um olhar que contempla o que não existe. Ali, ela permanece exilada, como uma mancha no quadro.

Uma mancha é como uma célula vazia que representa o ponto zero em que o desejo se situa. No lugar mancha o sujeito não existe. Ao ocupar o lugar de mancha, Lol se torna objeto de fascínio. Seu encanto está em seu próprio desaparecimento como sujeito, que a torna enigmática e misteriosa.

De sua posição subjetiva, Lol se satisfaz ao ver um homem gozar de uma outra mulher, sob a condição de que ela própria esteja na posição de presença ignorada.

Lol seria um exemplo de devastação?

A palavra devastação implica num desgaste profundo. Vem do francês: *ravir* (arrebatar), *ravissement* (arrebatamento) e finalmente *ravage* (devastação).

Devastação é um dos nomes que Lacan dá ao fracasso da metáfora paterna. Certas mulheres permanecem em sua ligação com a mãe sem nunca alcançarem uma mudança em sua posição com relação aos homens, podendo permanecer na posição de fetiche ou de dejeto.

É como dejeto que Lol ficará retida no tempo que se dilata como uma eternidade. Ali, Lol se perde. Perde seu lugar no Outro e se fixa na cena.

A devastação diz respeito ao sujeito feminino confrontado com um gozo que o atravessa e do qual ele nada sabe. Talvez, por isso, a mulher tenha sempre um ponto de devastação, algo de perdida. Tais momentos ocorrem em suas experiências do corpo ou nas relações amorosas.

Não há limites nas concessões que uma mulher pode fazer para um homem, de seu corpo, de sua alma, de seus bens e, até mesmo, de sua dignidade. Em muitas ocasiões Lacan se referiu à mulher como "não-toda louca", aproximando a loucura do campo do feminino. Lembrando que não se trata de gênero, pois os homens também podem enlouquecer quando destituídos de suas posições fálicas.

A perda de uma relação pode trazer a irrupção de uma "desfalicização" do corpo, de uma errância, despersonalização ou ainda de uma ameaça de "autodesaparecimento".

Os casos de feminicídio mostram um pouco isso – homens ameaçados ante a própria "desfalicização", ou seja, pela ruptura de sua imagem fálica ante a perda da relação reagem de forma violenta, onipotente, para se afirmar num lugar que já não lhes pertence. Mulheres na mesma situação apresentam reações mais vagas, impotentes ou desesperadas, atentando por vezes contra a própria vida ou se arriscando nas mãos desse homem do qual não conseguem se livrar.

Nosso funcionamento psíquico trabalha na báscula entre esses dois campos – masculino ou fálico e feminino ou da mulher.

Voltemos à Lol, personagem que nos serve de referência nesse roteiro bastante conhecido das relações entre casais e que, em variadas proporções e dimensões, vemos acontecer.

O amor escrito no nome de Lol V. (*Love*) marcará sua história e nos mostra o que acontece quando a imagem de si, que o outro reveste, é perdida. Quando o amor, que dá consistência a um corpo, retira-se, resta o buraco e, às vezes, o abismo.

É aí que está Lol, é assim que algumas mulheres permanecem nesse furo ou nessa furada: como uma mancha no campo de centeio.

Gilda Vaz

a mulher — pela via do impensável

O que teria uma psicanalista a dizer sobre o que Freud deixou por conta dos poetas?

Pode parecer uma saída elegante de Freud para a falta de resposta à questão do que é uma mulher, mas hoje diria que Freud acertou deixando esta indagação nas mãos daqueles cuja escrita consegue se aproximar mais do campo feminino.

A psicanálise foi criada a partir de mulheres que, impossibilitadas de dizer suas questões, manifestavam sintomas corporais e mentais diagnosticados como histeria. Os desejos inconscientes clamavam por uma escuta precisa que Freud soube oferecer.

Alguns anos mais tarde, Lacan deu à histeria o estatuto de um discurso. Não mais os escandalosos fenômenos históricos, mas uma linguagem já articulada, ordenada e acionada por uma divisão estrutural que serviu de direção para iluminar o caminho para o inconsciente.

— Por que para ser ouvida preciso adoecer, gritar, berrar, enlouquecendo e, consequentemente, reforçar minha dificuldade de ser?

Afinal, o que é ou o que quer uma mulher?

Hoje, após tantos avanços, teorias e discussões a respeito, ouso responder:

— Ser amada, escutada e respeitada em sua radical diferença, ou seja, como um Outro sexo, como um ser e não como extensão do homem ou de acordo com o que a sociedade impõe que ela seja, conforme o modelo masculino.

A demanda de amor é demanda de ser.

A histeria não é uma exclusividade das mulheres, mas se torna predominante presente nelas pelas barreiras sociais que as impedem de dar voz ao que lhes é específico, referente a um saber além do saber fálico ou masculino.

A geração dos anos 1960/70 promoveu mudanças significativas com relação aos papéis sociais que até então mantinham homens e mulheres aprisionados às definições naturalistas, sexuais, econômicas, sociológica e psicológicas, enfim, campos comandados pelos discursos ideológicos.

Não somente as mulheres, como o próprio lugar do pensar sofreu uma subversão em termos de posições com relação ao saber. Faço referência aqui ao movimento estudantil de 1968. As posições entre mestres e estudantes também sofreram mudanças. Destaco a expressão Movimento de 68, como ficaram conhecidas as manifestações. Movimento em cadeia que se estendeu a outras questões, como as dos negros, homossexuais, crianças e mulheres, redundando em reformulações na educação, costumes e legislação nesses últimos 50 anos.

O trabalho psicanalítico visa especialmente a duas coisas: movimento e mudança de posição.

Não basta dar liberdade ao sujeito se ele próprio não se autoriza sair do lugar de aprisionamento em que constituiu sua subjetividade.

Por isso a psicanálise é considerada subversiva, no sentido da subversão do sujeito com relação à posição em que se fixou e se mantém sujeitado. Trata-se de se reposicionar no mundo de um outro lugar ou posição subjetiva na qual a diferença é incluída e contabilizada, fazendo parte do conjunto humano. A psicanálise não simpatiza muito com a palavra "massa", pois iguala todos num bolo só. Preferimos falar de "coletividade" ou "conjunto", pois inclui as diferenças. Uma coleção que se contabiliza um a um.

O movimento feminista garantiu às mulheres direitos iguais, mas penso que é preciso ir além, contabilizando as diferenças. Não somos iguais. Cada sujeito é um na coletividade. Isso, sim, lhe garante a liberdade de pensar, agir e tomar posições na vida. Isso vale para todos. Muitos homens também ficaram prisioneiros de seus papéis, embrutecidos pela armadura fálica. Homem e mulher é uma questão muito além do gênero.

Para a psicanálise o sujeito é dividido em um campo pensável e outro impensável. Por isso ele tropeça, manca e até se eclipsa ou desaparece ao cair no vácuo. Entretanto, é do vácuo que vem a energia, como conta a história sobre Descartes, que, ao manipular o fole, diante da lareira, descobre a relação do vácuo com a energia.

Tal divisão impõe ao homem e à mulher um ponto de determinação, da ordem de um traço significante que marca sua identidade e outro de liberdade.

A mulher entra como um ponto de liberdade, e o homem, como um ponto de determinação. Tanto um como outro exercem um polo de atração que os impele à aderência a uma ou outra posição subjetiva. Do lado do homem, a marca significante se manifesta pela repetição sempre do mesmo traço responsável pela formação dos costumes, da ordem e das leis. Do lado do feminino, a liberdade de ser sustenta um campo de mudanças e de criação de novas formas de ser.

O funcionamento desses dois polos se faz pela alternância temporal de um e de outro. A fixação num desses polos vai do totalitarismo à loucura. Não só pode ocorrer, de um lado, o aprisionamento em leis arbitrárias e ultrapassadas, como, do outro, a exclusão dos direitos civis, econômicos, sociais e culturais.

A estrutura faz báscula entre um campo e outro, tanto para homens como para mulheres.

Repetindo e dizendo de outra forma, há um campo na estrutura do psiquismo que funciona simbolicamente por meio de pensamentos que se articulam por uma lógica fálica e há um outro campo, nas entrelinhas, que se define como não todo fálico, que aspira o real e aponta para o impensável simbolicamente – uma abertura para o novo, que implica um vazio fecundo.

A teoria psicanalítica aproxima a mulher do real e o homem do simbólico. Os dois campos se enodam com a presença do imaginário dando formas à estrutura.

A aproximação da mulher do campo do impensável evoca temor e às vezes terror. Lacan dizia do horror à mulher ao se referir ao encontro com o vazio, o buraco, fonte para sublimes inspirações como para a caça às bruxas. Talvez por isso elas foram, e algumas ainda são, mantidas no cárcere privado dos seus lares.

O vazio que articulamos às entrelinhas é perturbador porque impõe uma contínua dinâmica cultural, propiciando movimento e a mudança de papéis na sociedade. Isso acarreta uma instabilidade masculina que carrega o ideal de um falo sempre ereto. A queda é inevitável, seja por meio das mudanças dos costumes, dos hábitos, das perdas, do desamor, dos fracassos, enfim, inevitável movimento da vida.

Ao redor do buraco em que falta palavra, ser inefável é ser pânico ou ser caos, é loucura ou devastação. Isso implica que em algum lugar alguém estará ausente como sujeito, exilado de si, ameaçado por um gozo que o ultrapassa. O que fazer ante a proximidade com esse campo do real?

Bordejando-se o inefável, há um fazer que se rege por uma outra lógica que se faz fazendo-se, como as fiandeiras ou as rendeiras que passam os dias a tecer o fio de suas vidas.

Trata-se de um fazer que dá suporte ao ser quando este perde sua representação fálica ou o lugar em que cada um ocupa na ordem simbólica. Talvez seja isso que permite algumas mulheres ausentarem-se temporariamente de suas vidas, como diz Fernando Pessoa em seu Livro do desassossego: "Compreendo perfeitamente as mulheres que fazem bordado por desgosto e as que fazem crochê porque a vida existe".

Alguns afazeres – como a música, a dança, a meditação, a escrita, como toda a literatura que retira suas forças vitais do mundo real – também têm essa função, daí seu efeito de relaxamento.

Se por um lado a queda das barreiras fálicas, dos pilares, traz um efeito de desestabilização, ruptura e questionamentos das verdades instituídas, por outro, o funcionamento dito feminino tece uma rede protetora e estabilizadora ao redor do vazio que advém da queda das representações fálicas. Podemos entender a importância das donas de casa e mães que sustentam a estabilidade de seus lares por meio de um puro fazer, um saber fazer de um lugar em que, na contramão do cogito cartesiano – "penso, logo sou" –, podemos dizer: sou onde não penso.

Essa questão se engendra no mesmo veio criado pela busca de uma "Outra Coisa", sempre ansiada pelo homem, capaz de dar conta da falta radical inerente à sua própria existência.

Gilda Vaz

sobre as autoras

Gilda Vaz Rodrigues
psicanalista e escritora

Dentre suas publicações, destacam-se: *Fascínio e Servidão*; *A Escrita do Analista*; *Entre Cartas e Recortes – A psicanálise no cotidiano* (Ed. Autêntica, BH); *Destinos da Sexualidade* (Casa do Psicólogo, SP), livros dos quais participa como organizadora e coautora.

Participou como coautora dos livros: *Ideias de Lacan* e A *Culpa* (Ed. Iluminuras, SP); A *Escola de Lacan* (Papyrus, SP); *Clínica Psicanalítica Contemporânea* (Ophicina de Arte & Prosa, BH); *Rastros de Amor* (Letramento/Quixote, BH); *Da Solidão* (Quixote+Do, BH); *Texturas do Vazio em Psicanálise* (Letramento BH).

É autora de *Percursos na Transmissão da Psicanálise*, primeiro livro da coleção Obras Incompletas. A *Psicanálise pelo Avesso*, *Cortes e Suturas na Operação Psicanalítica*, *Quatro Atos* (Ophicina de Arte&Prosa, BH), *No Princípio era o Ato* (Ed. Artesã, BH).

(gildavazrodrigues@gmail.com)

Regina Beatriz Silva Simões
psicóloga e psicanalista

Mestre em Psicologia pela UFSJ – linha de pesquisa: Psicanálise.

Dentre suas publicações, destacam-se: *Final de análise: possibilidades, impossibilidades e articulações* (Belo Horizonte: Editora Letramento e Quixote, 2015).Revista Analytica – vol. 6, n.11, de julho a dez/2017: *Psicanálise e literatura – o texto como sintoma* (UFSJ, 2017)

Coautora: *Psicanálise em nosso tempo:* Clarice Lispector nas entrelinhas (Belo Horizonte: Editora Letramento, 2017). *Da solidão:* A solidão e o final de análise (Belo Horizonte: editora Quixote+Do, 2018). *Texturas do vazio em Psicanálise:* Otto Frank: o caos, a sobrevivência (Belo Horizonte: Editora Letramento, 2019).

(reginabeatrizmg@gmail.com)

referências bibliográficas

A esposa

ANDRE, Serge. **O que quer uma mulher?** Rio de Janeiro: Jorge Zahar, 1998.

CORDERO, Néstor Luis. **Sendo-se, é:** A tese de Parmênides. São Paulo, SP: Odysseus Editora Ltda., 2011.

FREUD, Sigmund. (1980). **Psicologia das massas e análise do eu**. Rio de Janeiro: Imago. (Originalmente publicado em 1921).

LACAN, Jacques. **O seminário Mais Ainda: livro 20**. Rio de janeiro, RJ: Ed. Zahar, 1982.

________. O Tempo Lógico e a asserção de uma certeza antecipada. *In*: **Escritos**. Rio de Janeiro: editora Jorge Zahar, 1998.

MILL, Stuart John. **A sujeição das mulheres**. Coimbra: Edições Almedina, 2006.

RODRIGUES, Gilda Vaz. **No começo era o Ato**. Belo Horizonte, MG: Ed. Artesã, 2017.

________. **Cortes e suturas na operação analítica**. Belo Horizonte, MG: Ed. Ophicina de Arte & Prosa, 2013.

RUSSEL, Bertrand. **História da Filosofia Ocidental**. Rio de Janeiro, RJ: Ed. Nova Fronteira, 2015.

Clarice, Clarice...

LISPECTOR, Clarice. **Clarice na cabeceira**. Rio de Janeiro, RJ: Rocco, 2011.

MOSER, B. **Clarice, uma biografia**. São Paulo, SP: Escritores Brasileiros, 2011.

________. **Todos os contos:** Clarice Lispector. Rio de Janeiro, RJ: Rocco, 2016.

ROSA, M. **Por onde andarão as histéricas de outrora?**: um estudo lacaniano sobre as histerias. Belo Horizonte, MG: Edição da autora, 2019.

SIMÕES, R. B. S. Psicanálise e Literatura: o texto como sintoma. *In*: **Revista Analytica**. vol. 6. n.11. UFSJ, julho/dezembro de 2017.

As personagens de Carla

MADEIRA, Carla. **A Natureza da Mordida**. Belo Horizonte: Quixote+Do, 2018.

James Joyce: um artífice da letra

GUIMARÃES, Ana. A Aventura de James Joyce. *In*: **Joyce-Lacan Symposium**. Editora Dublin, Dublin, 2005.

JOYCE, James. **Um retrato do artista quando jovem**. Rio de Janeiro, RJ: Ed. Objetiva Ltda., 2006.

LACAN, Jacques. **O Seminário**: O Sinthoma. Livro 23. Rio de janeiro, RJ: Ed. Zahar, 2007.

"Catando a poesia que entornas no chão"

MENESES, Adélia Bezerra de. **Figuras do feminino:** na canção de Chico Buarque. São Paulo, SP: Ateliê Editorial, 2001.

PAZ, Octavio. **Los Signos en Rotación y Otros Ensaios**. Madrid: Alianza Editoral, 1971.

PERES, A. M. C. **Chico:** recortes e passagens. Belo Horizonte, MG: UFMG, 2016

RODRIGUES, Gilda Vaz. Despertar. *In*: **Rastros de Amor**. Belo Horizonte, MG: Quixote/Letramento, 2016.

Miséria e poesia

FARIAS, T. **Carolina:** uma biografia. Rio de Janeiro, RJ: Malê, 2018.

FREUD, S. **Dostoievski e o parricídio**. Edição Standard Brasileira das Obras Completas de Sigmund Freud. Rio de Janeiro, RJ: Imago (Obra original publicada em 1928[1927]), 1980.

JESUS, C. M. **Quarto de despejo**: diário de uma favelada. São Paulo, SP: Ática, 2019.

LACAN, J. **O seminário, livro 10:** A angústia. Rio de Janeiro, RJ: Zahar, 2005.

_______. **O seminário, livro 11**: os quatro conceitos fundamentais da Psicanálise. Rio de Janeiro, RJ: Jorge Zahar. (Originalmente publicado em 1964), 1998.

Entrevistas do YouTube: **Conversa com Bial** – Globoplay – 16 de julho de 2018. Rede TVT – 19 de novembro de 2014.

Virginia Woolf e Marguerite Duras – dois tempos, duas posições

DURAS, Marguerite; GOUTHIER, Xavière. **Boas Falas**: Conversas sem compromisso. Rio de Janeiro, RJ: Editora Record, 1974.

LACAN, Jacques. Homenagem a Marguerite duras pelo arrebatamento de Lol V. Stein. *In*: **Outros Escritos**. Rio de Janeiro, RJ: Editora Zahar, 2003.

NAVES, Flavia Drummond. **Um lugar para se perder**: a escrita de Duras. Apresentação verbal na Mostra de Cinema M. Duras. Belo Horizonte, MG, 2010.

RODRIGUES, Gilda Vaz. **Quatro Atos**: Ophicina de arte e prosa. Belo Horizonte, MG: UFMG, 2014.

WOOLF, Virginia. **Profissões para mulheres e outros artigos feministas**. Porto Alegre, RS: L&PM Editores, 2012.

Muito além do fascínio

APPIGNANESI, L.; FORRESTER, J. **As mulheres de Freud**. Rio de Janeiro, RJ: Record, 2010.

BERTIN, C. **A mulher em Viena nos tempos de Freud**. São Paulo, SP: Papirus, 1990.

CANTINHO, M. J. **Lou Salomé**: a mulher que encantou Nietzsche e Rilke: Michaud. S. Lou Andréas-Salomé. *In*: Revista Caliban. Lisboa: Editora Asa, 2001.

SALOMÉ, L. A. **Minha vida**. São Paulo, SP: Editora Brasiliense, 1985.

SALOMÉ, L. A. **Carta aberta a Freud**. Verlag: Editora Princípio, 1931.

COUTINHO, Maria João. **Lou Salomé**: a mulher que encantou Nietzche e Rilke. Revista Caliban. Portugal, Brasil, Angola e Moçambique. Disponível em: <revistacaliban.net/lou-salomé-a-amulher-que-encantou-nietzche-e-rilke (83c4d938b792)>. Acesso em: 11 jan. 2019.

FREUD, Sigmund; SALOMÉ, L. A. **Correspondência completa**. (1975). Freud – Lou Andreas-Salomé. (dir.: Jayme Salomão). Rio de Janeiro: Imago, 1975.

Quem tem medo de Lol V. Stein?

DURAS, Marguerite. **Escrever**. Trad.: Rubens Figueiredo. Rio de janeiro: Rocco, 1994.

________. **O Deslumbramento** (Le ravissement de Lol V. Stein). Trad.: Ana Maria Falcão. Rio de Janeiro: Ed. Nova Fronteira.1986.

________; GAUTHIER, Xavière. **Boas Falas**: conversas sem compromisso. Rio de janeiro: Ed. Record,1974.

LACAN, Jacques. Homenagem a Marguerite Duras pelo Deslumbramento de Lol V. Stein. *In*: LACAN, Jacques. **Outros Escritos**. Rio de Janeiro: Zahar, 2003.

A mulher – pela via do impensável

LACAN, Jacques. **O seminário** – Mais ainda, livro 20. Rio de Janeiro: Zahar Editores, 1982.

PESSOA, Fernando. **Livro do Desassossego**. Versão integral. Vol. 1. (Vicente Guedes, Bernardo Soares). Campinas, SP: Editora da Universidade Estadual de Campinas – Unicamp, 1996.

VAZ RODRIGUES, Gilda. Mulher: Como defini-la? *In*: **Percursos na transmissão da psicanálise**. Belo Horizonte: Ophicina de Arte & Prosa, 2007.

________. **Quatro Atos**. Belo Horizonte: Ophicina de Arte & Prosa, 2014.

1ª edição [2020]

Esta obra foi composta em Electra
sobre papel Pólen Bold 90 g/m²
para a Quixote+Do Editoras Associadas.

FSC
www.fsc.org
MISTO
Papel proveniente de fontes responsáveis
FSC® C092828

PRINTED WITH SOY INK®